파라과이 랩소디

파라과이 랩소디

초판 1쇄 발행 2019년 4월 10일

지은이 명세봉
발행처 예미
발행인 박진희

편집 이정환
디자인 김민정

출판등록 2018년 5월 10일(제2018-000084호)

주소 경기도 고양시 일산서구 중앙로 1568 하성프라자 601호
전화 031)917-7279   팩스 031)918-3088
전자우편 yemmibooks@naver.com

ISBN 979-11-89877-02-6 (03810)

이 도서의 국립중앙도서관 출판예정도서목록(CIP)은 서지정보유통지원시스템 홈페이지
(http://seoji.nl.go.kr)와 국가자료공동목록시스템(http://www.nl.go.kr/kolisnet)에서
이용하실 수 있습니다. (CIP제어번호 : CIP2019011494)

파라과이 랩소디

명세봉 지음

Paraguay
rhapsody

예미

10년 뒤......

『내 인생 파라과이』라는 책이 명세범이라는 이름으로 2009년에 나온 후 벌써 10년이 지났습니다. 책은 팔리지 않았지만 어떤 명함보다 좋은 역할을 하여 이제 다 떨어지고 다시 만들 시기가 왔습니다. 그동안 많은 변화가 있었습니다. 사업체가 커지며 주위에 어느 정도 제 이름이 알려지게도 되었고 직책도 더불어 많이 생겼습니다. 생전 안 해본 인터뷰도 해보았고 언론에 기사로 나오기도 했고 만나는 사람도 찾아오는 사람도 많이 늘어났습니다. 그리고 만나는 사람한테는 언제나 제 책을 선물해 주곤 하였습니다.

이번에 책을 다시 낼 생각에 예전의 글들을 읽어보니 세월의 변화에 안 맞는 부분도 유치한 것도 있었지만 마치 남의 글처럼 지금은 느낄 수 없는 많은 것이 새로웠습니다. 만약 지금 추억을 더듬어 다시 글을 쓰라면 기억도 기억이지만 타성에 젖어 예전 같은 글을 못 쓸 것 같습니다. 생각해보니 책으로 잘 남겼다는 생각이 듭니다.

타인에게 나를 온전히 이해시킨다는 것은 어려운 일보다 불가능한 일입니다. 어쩌면 일단 지금 이 순간까지 살아온 나의 인생 그리고 나를 태어나게 해준 나의 부모의 이야기 그리고 나의 부모를 태어나게 해준 할머니 할아버지의 인생과 이후로 조상 한 사람 한 사람의 이야기로 해서 이제는 내 이야기를 들어줄 님의 이야기 그리고, 그 이야기에서 파생된 여러 이야기들……. 만나게 된 동기, 환경, 역사로 해서 점점 거슬러 올라가 끝내는 이 우주의 모든 이야기를 해야 하고 마침내는 내 옆을 굴러다니는 돌멩이 하나의 존재 의미와 내 옆을 기어 다니는 조그만 바퀴벌레의 존재의 이유와 가치까지 이야기해야 되지 않을까 하는 생각을 해봅니다. 그만큼 무모하고 부질없고 허무한 일입니다.

마치 모든 삶을 '어쩌다 태어나서 살다가 죽다'라는 몇 글자로 단축하여 표현할 수 있는 것처럼 …… 어느 시인의 표현같이 인생이란 그저 삼류잡지의 표지처럼 통속한 것처럼 말입니다.

고로 글을 쓰고 이야기를 남긴다는 것은 바로 그 허무함을 뛰어넘는 고독하고 고귀한 행위라 생각합니다. 마치 내 옆을 굴러다니는 돌멩이 하나에도 존재의 의미가 있음을 증명해 주는 것처럼 말입니다…….

2019년 1월 16일 파라과이에서
저자 명세봉

이제는 타인의 이야기처럼 말할 수 있어

살다가 어느 날 문득 어머니와 아버지의 체취가 그리워질 때가 있습니다. 부모님이 살아 계셨으면 좋겠다는 그리움이 종종 밀려옵니다. 아니 두 분 가운데 한 분이라도 계셨으면 좋겠다는 생각이 들 때가 있습니다.

아버지는 가수 김정구 선생의 노래 〈눈물 젖은 두만강〉을 싫어하셨습니다. 그냥 그분의 목소리가 엿장수 목소리 같다는 별로 타당치 않은 이유에서였습니다. 하지만, 아버지께서 돌아가시고 김정구 선생도 돌아가신 요즘 가끔 두만강 노래가 듣고 싶어지는 것이 참 아이러니합니다.

어머니는 젊은 시절 군인이신 아버지를 한 해 한두 달 정도밖에 볼수 없었다고 합니다. 그런 어머니는 초창기 이민 시절 단칸방의 열악하고 불행한 환경에서 가족이 함께 있어 오히려 행복을 느끼셨다니 인생은 아이러니입니다.

　평소 추하게 늙어 죽는 것이 수치스러운 일이라고 말씀하던 두 분은, 말씀대로 종일 아무 일도 없다가 밤에 아버님 품에 안겨 1996년 어머님이 돌아가시고, 2년 후 아버님도 같은 모습으로 막내 품에서 돌아가셨습니다.

　어머니는 일본강점기에 한 많은 한국인으로 일본에서 태어나 그곳에서 꿈 많은 학창시절을 일본 소녀들과 보내셨습니다. 해방과 함께 오히려 타향처럼 느껴지는 한국에 나오셔서 평생토록 어린 시절을 보낸 일본을 그리워하며 사셨답니다. 능력 있는 남편을 만나 젊은 시절 부귀영화를 누리시다 말년에 궁색한 자신을 위로하고 변명하듯, 며느리들에게 당신은 젊은 시절 원 없이 돈을 써봤다고 궁색한 허세를 부리시던 어머니가 그립습니다.

　젊지 않은 나이에 남편의 사업 실패로 머나먼 남미의 파라과이에 이민을 오셔서 고생을 참으며 일어서 보려고 애를 쓰셨지만 끝내 이민의 실패로 파란만장한 삶을 살다 가신 내 어머니. 인생의 흐름을 이해하고 끝내 죽음을 두려워하지 않고 오히려 미련 없이 공수래공수거 한 모습으로 사랑하는 남편 품에서 생을 마칠 수 있었던 어머니가 행복한 분처럼 느껴지는 것이 아이러니합니다.

　파라과이의 밤 풍경은 아름답습니다. 야자수와 은하수 그리고 반딧불이 있습니다. 그런 풍경을 배경으로 이민 와서 겪은 풍상이 전쟁터에서 겪은 것보다 더 파란만장하다는 말년의 아버님 말씀이 기억납니다.

세상 경험이 풍부한 사람을 산전수전 다 겪은 사람이라 한다지만, 요즘은 공중전에서 심리전, 정보전까지 치러야 하는 세상이 아닐까요.

인간사의 희로애락과 흥망성쇠가 이민 생활 속에 농축되어 있습니다. 그리고 애증이 있고, 그 애증이 변하여 밉고도 서러운 정으로 변하기도 합니다. 나는 진리가 위대함 속에 존재하지 않는다 생각합니다. 진리란 일상의 단순함 속에, 소시민의 생활 속에 물과 공기처럼 평범하게 존재한다고 생각합니다.

세상은 이제 변했습니다. 지구촌이라는 개념이 생길 정도로 세상이 좁아진 것을 피부로 느낄 수 있습니다. 새로운 시대는 사는 곳이 중요한 것이 아니라 어떻게 사느냐, 무엇을 하느냐, 무슨 생각을 하며 사느냐가 중요할지 모릅니다.

돌아가시기 전 아버님께서는 저에게 고해하듯 파라과이 이민이 자신에게 치욕이라 하셨지만 어느덧 자식에게 파라과이는 운명이 되어버렸습니다. 솔직히 우리 가족사의 치부와 시행착오, 그리고 실패를 써야만 이해할 수 있는 이야기라고 고백합니다. 그나마 옛날이야기로 타인의 이야기처럼 말할 수 있을 만큼 이제 안정된 이민생활을 하고 숱한 경험과 많은 것을 얻었다고 자부할 수 있습니다. 나의 이민 이야기가 '사람 사는 데는 다 똑같다'라는 오만한 생각 때문인지 한국에 사는 사람이나 타지에 사는 사람에게도 그곳의 이야기나 자신의 이야기처럼 들리지 않을까 합니다.

그리고 나의 이야기는 부모와 자식, 손자의 이야기로 나만의 이야기가 아니라 끝없이 이민사회에서 한국인이라는 이름으로 이어져야 한다고 생각합니다. 그런 것을 쓰고 싶은 욕심이 책을 만들게 했습니다.

호랑이는 죽어 가죽을 남기고 사람은 죽어 이름을 남긴다는데 머나먼 이국땅에서 쓸쓸히 돌아가신 아버지 대신 당신의 존재와 추억을 둘째 아들이 글을 통해 기억한다는 것을 하늘에 계신 아버지가 아시고 행복해하셨으면 좋겠습니다.

개인의 사사로운 이야기입니다. 다만, 읽는 이의 넓은 아량을 구할 뿐입니다.

2009년 10월
저자 명세범

CONTENTS

이민의 지혜, 체념의 미학

평계 없는 무덤이 없듯이 이민을 나온 이에게는 조국을 떠나온 이유가 있다고 생각합니다. 그리고 누군가 나에게 왜 하필이면 머나먼 남미의 후진국 파라과이라는 곳으로 이민을 와 30년이라는 세월을 떠나지 못하고 아직 살고 있는지에 대해 묻는다면, 명쾌하게 대답할 수 있는 이유를 찾지 못할 것 같습니다. 사람 사는 곳이야 여기건 저기건 다 비슷할 것이라는 나의 선입견 탓에 거창한 이유를 대지는 못할 것 같기 때문입니다.

1977년, 열일곱 살의 나이로 부모님을 따라 우리 어린 삼 형제는 이민을 나왔습니다. 큰 전쟁을 세 번이나 참전하고 겪으신 유능한 군인으로서의 아버님이었지만 사회에는 적응을 잘 하지 못하셔서 결국, 사업에 실패하시고 주위의 권유와 도움으로 당시 이민이 쉬운 남미의 파라과이로 급하게 이민을 선택하신 것으로 압니다.

부모님은 그래도 한때 잘나가던 시절이 있었던 터라 견딜 수 없는 주위 시선과 자격지심에 '어디 가면 여기보다 못하랴'는 마음에 어려운 이민을 결정하셨다고 합니다. 그리고 어린 삼 형제와 어머니는 언제나 능력 있어 보이고 어떠한 어려운 역경에서도 가정을 지켜주실 것 같은 자랑스러운 아버지를 믿었기에 희망과 기대를 안고 이민을 받아들였습니다.

이민의 꿈은 언제나 화려합니다. 푸른 초원, 넓은 강과 바다, 풍부한 고기와 과일, 화려한 자연 그리고 멋들어진 사람들……. 그런 꿈은 어린 소년의 기대감을 충족시키기에 너무나 이상적인 것이었습니다. 그런 기대를 하며, 동경해온 거대한 비행기를 타고 우리 다섯 식구는 김포공항을 떠났습니다. 비행 도중 잠깐 도착하여 반나절 구경한 캐나다의 밴쿠버라는 도시는 그런 꿈을 확신시켜주는 곳이었습니다. 하지만, 희망과 기대는 초라해지는 남반구의 나라로 내려올수록 점점 불안과 실망으로 바뀌어 갔습니다.

마지막 연결지인 아르헨티나의 부에노스아이레스 공항에서 한국인이라는 이유로 군인에게 인도되고, 공항에 격리되어 삼엄한 경비 속에 감시를 받게 되어 그 불안은 무게를 더해갔습니다. 그리고 마지막에는 불안해 보이는 작은 프로펠러 비행기를 타고 두렵고 낯선 초라한 아순시온 공항에 도착했습니다.

이민의 현실은 한국에서 꿈꾸던 것처럼 환상적인 것이 아니었습니다. 엄청난 환경의 차이와 그런 환경에 적응하기에는 그동안 너무 편하고 쉽고 안일하게 살아온 우리 가족을 한순간에 후회와 고통의 나락으로 떨어뜨리기에 충분한 것이었습니다. 이민 오기 전 꿈꾸었던 셀수 없던 분홍색 꿈은 모두 감정의 사치였다는 걸 깨우치는 시간은 필요 없었습니다.

우리는 희망을 이루러 온 것이 아니고 하루하루 연명하기 위해 이민을 온 것이었습니다. 이렇게 살려고 온 게 아닌데 이게 내 꿈 내 인생이 아닌데, 그렇게 사춘기 소년의 방황과 반항은 시작되었던 것 같습니다. 그런 나를 보는 것이 안타까운지 어느 날, 아버지는 조용히 나를 불러 이런 말씀을 하셨습니다.

"모든 걸 체념하자. 그리고 다시 시작하자!"

언제나 능력 있고 늠름해 보이시던 아버지. 어떠한 역경에서도 무너지지 않고 우리를 지켜줄 것만 같았던 아버지. 그런 아버지의 초라한 변명과 지친 모습이 원망스럽고 얼마나 작아 보이던지 가슴이 답답하고 터질 것 같았습니다. 목은 왜 메는지 쏟아질 것 같은 눈물은 터지지 않고 시야만 가릴 뿐, 통곡은 가슴속에 멍을 만들고 한을 쌓았습니다. 그리고 아무런 생각도 나지 않았습니다. 그저 세상이 원망스럽고 무거운 짐에 짓눌린 나의 어깨만 느껴질 뿐이었습니다. 아마 세상은 그렇게 적응해가며 사는 것인지도 모릅니다.

체념…….

혹자에게는 그 말의 의미가 패배주의요, 현실에 대한 적당한 타협으로 들릴 수도 있을 것입니다. 하지만, 그 의미가 어떤 사람들에게는 과거의 정리요 현실의 적응이며, 새 출발 그리고 희망과 꿈의 시작이라는 걸 알게 되었습니다.

어느 정도 시간이 흐르고 어린 소년이었던 나는, 친구를 사귀게 되었고 술을 배우기 시작했으며 어느 정도 이민 생활에 적응하기 시작했을 것입니다. 그리고 나보다 나중에 이민 온 나이 비슷한 친구들이 이민 생활에 적응을 못해 괴로워하고 방황할 때 나는 이민선배로 그들에게 술을 사주며 아낌없이 충고와 조언도 해주기 시작했을 것입니다.

"인마! 사람은 말이야, 체념도 할 줄 알아야 해. 알겠냐."

힘겨운 선택, 이민

이민의 결심은 우연하게 다가옵니다.

동네 누가 남미의 파라과이로 이민을 가 많은 돈을 벌어 양복 입고 금의환향하여 지금 어느 다방에 있다는 소문으로 시작합니다. 그리고 주위의 권유와 부모님의 결심으로 그 사람과의 만남이 이루어지고 그 당시 이민 브로커를 통한 파라과이 초청이민이 성사되었습니다.

70년대 이민 온 사람 가운데는 집 한 채 팔아 겨우 비행기 삯 마련해 도착해보니 수중에 달랑 몇백 달러 남아 그것으로 이민 생활을 시작하였다는 사람 그리고 선택의 여지없이 다음 날로 밑바닥 인생부터 이민 생활을 시작해야 했던 사람들의 이야기는 흔합니다.

우리도 남들처럼 외상으로 비행기표를 끊어 왔고, 이민 온 다음 날부터 주위의 도움으로 소위 '벤데'라 불리는 옷 행상을 시작하였습니다. 그 당시 서로 비슷한 처지였기 때문인지 교민끼리 상부상조하여 서로 돕는 일은 하나의 미덕으로 당연하였습니다. 신화나 전설처럼 돈 한 푼 없이 이민을 나와 숱한 고생을 한 후 부자가 된 소수의 몇몇 사람은 갓 이민 온 사람에게는 희망과 꿈이 되어 주었습니다. 그런 것을 보면 국가적 지원이나 도움이 없던 시절에 남미에서 보여준 대한민국 이민자들의 자생력은 위대하다는 생각이 듭니다.

이민 온 후로 한국은 정권이 바뀌면서 일어난 부동산 붐을 따라 헐값에 팔고 온 집과 땅값이 치솟자, 교민들은 조금만 참았어도 이 고생을 안 할 텐데라며 땅을 치고 후회하며 이민 온 자신을 원망하는 모습을 자주 보였습니다. 강남의 많은 땅을 헐값에 팔고 이민을 나온 한 친구의 아버지는, 젖소를 사육하며 우유를 팔아 이민의 꿈을 키우고 있다가 들려온 고국의 부동산 붐 소식에 식음을 전폐하고 드러눕기도 하였다 합니다.

한국의 부동산 붐 이후인 80년대에도 이민은 더욱더 활기차게 늘어만 갔습니다. 80년대 이후의 이민세대는 집 한 채 팔아도 십만 달러 정도 되었고, 이미 나와 자리를 잡은 친척이나 연고자가 있어 전보다 훨씬 더 안정되고 편안한 이민생활을 시작할 수 있었다고 생각합니다.

내 생각으로는 부동산 붐 이후 나온 이민은 그전 이민세대와는 구분된다는 느낌입니다. 그 당시 이민사회는 돈 없이 이민 나와 고생한 세대와 돈 갖고 나온 세대의 이민 적응의 차이로 약간의 부정적인 갈등도 있었다지만, 이민이 끊긴 지금보다는 훨씬 더 활기차고 재미있었다고 기억됩니다.

돈이 있건 없건 조국을 떠나 이민사회에 적응하려면 평균적으로 최소한 십 년 이상 걸리지 않았을까 생각이 됩니다. 물론 개중에는 단시일에 자리를 잡은 사람도 있겠지만 현실은 아이러니하게도 여유 있게 이민 나온 사람들이 오히려 이민 생활에 적응하는 시간이 오래 걸리거나 실패한 경우를 자주 봅니다.

왜냐하면, 돈이 많은 경우에는 누구나 그러하듯 편안하고 손쉽게 사는 방법을 찾을 것이므로 사기나 도박 같은 유혹에 쉽게 빠질 수 있을 것이고, 때로는 수입도 없이 쓰기만 하는 안일한 생활에 빠져드는 경우도 많을 것이기에 선택의 여지가 많은 것과 비례하여 실패의 여지도 많이 나올 수 있어 그렇지 않을까 생각도 됩니다.

하여간, 이민의 꿈은 언제나 성공한 소수만이 오랜 기간 과장되게 화제가 되고 기억되고 동류로 착각하여 이민이 실행되는 반면, 수많은 이민 실패자들의 삶의 실상에 대해서는 간과하고 쉽게 잊히고 소외시키는 데 문제가 있어 부작용이 적지 않다는 생각도 들지만, 그런 문제야 어느 시대나 사회이건 마찬가지로 나타나는 현상이 아닐까 합니다.

요즘의 이민은 과거와 비교하면 많이 선진화된 느낌입니다. 과거처럼 김포공항에 친구와 이웃들이 몰려나와 이제 가면 언제 오냐고 울고불고하는 모습은 이제 없을 듯합니다. 거기다 이민정보도 풍부하여 마치 백화점에서 물건 고르듯 쇼핑하고, 나날이 발전하는 국내 경제를 의식하여 사업체나 부동산은 정리 안 하고 나오는 요즘의 이민은 과거의 이민자가 보기에는 마치 여행 떠나듯 가볍고 즐거운 느낌입니다.

하지만 인생에서 선택의 여지가 많을수록 좋을 것 같지만 현실적으로는 그 여지가 오히려 시대에 적응하지 못하게 만들거나 아니면, 소중한 시간을 헛되게 낭비하여 잘못된 인생을 살게 하는 건 아닌가 하는 걱정스러운 생각도 듭니다. 그리고 선택의 여지없이 하루하루를 온 힘을 다해야 했던 과거의 고생스러웠던 이민자의 힘든 삶도 지나 보면 나름 축복으로 느껴질 수 있습니다.

　어찌 보면 예나 지금이나 고향을 떠나 타국으로 떠나야 하는 이민의 결심과 선택은 가는 곳이 선진국이건 후진국이건 자의이건 타의이건 그리고 재산이 많거나 적음, 학력이 높거나 낮음을 떠나 결코 순탄한 인생들이 갈 길이 아닌 팔자 센 인생들의 힘겹고 고뇌 섞인 선택임은 분명할 것 같습니다.

이민의 첫 단추, 장사

이민을 떠나 목적지에 도착하는 날, 비행장에 당신을 마중 나온 사람의 업종에 따라 당신의 첫 생업이 결정된다는 우스갯소리가 이민사회에는 있습니다. 고급 기술 이민이 아닌 이상, 말도 통하지 않는 남미에서 안정적으로 생활할 수 있는 월급쟁이 취직이라는 것은 상상도 할 수 없습니다. 그러기에 남미의 이민은 초창기나 현재나, 거의 몸으로 때우는 자영업인 장사밖에는 선택의 여지가 없습니다.

새내기 이민자가 어떻게든 살아보기 위해 보고 듣는 대부분은 교민이 하는 다양한 종류의 장사 이야기입니다. 한편으로는 주눅이 들거나 때로는 허황한 꿈을 꿀지도 모릅니다. 다행히 자리를 잡은 부모나 형제 등 인척관계가 있는 경우는 그런대로 빨리 적응도 할 수 있겠지만, 그렇지 못한 경우에는 물설고 산 다르고 말도 안 통하는 머나먼 이국에서 당신을 마중 나온 지인에게나, 아니면 걱정해주고 이해해주고 도와주는 고마운 사람에게 필요 이상의 기대감이나 의존심이 생기는 것은 당연한 것이 아닐까 합니다.

거기다 낯선 곳에서 기죽기 싫어 자신의 처지를 과장되게 표현하다 보면 기존 이민자는 어떤 기대감을 가지고 이민자를 대하게 됩니다. 그 결과 감정과 현실의 차이로 나중에 실망으로 이어지고, 특히 이민 사회에서는 형제나 친척 간의 사이가 비극적으로 벌어지기도 합니다. 흔하지는 않지만 동기간에 사기를 치는 일도 있습니다.

이러한 것을 비추어볼 때, 냉정한 개인 책임하에 홀로 서야만 하는 이민사회는 한국의 혈연, 지연, 학연으로 연결된 조직사회에서 길든 사람에게는 잔인하기조차 합니다.

장사의 기본이란 일단 쉬운 것으로 생각할 수 있습니다. 천 원짜리 상품을 30%의 이윤을 붙여 1,300원에 팔면서 하루에 십만 원을 팔면 이익금은 매상의 30%인 삼만 원이 아니라 대략 매상의 23%인 이만 삼천 원이라는 계산이 나온다는 것이지요. 그리고 그 이익금에서 제반 경비와 악성 재고의 위험과 불량, 도난 등의 가상 손실액들을 빼면 그보다 훨씬 밑도는 이익금이 나오리라는 것은 다 알 수 있는 일입니다. 그리고 수입에 비례해 덜 먹고 덜 쓰고 아껴서 자본을 축적하고 재투자하여 부를 이루는 것이 장사의 꿈이고 기본이라 할 수 있습니다.

그렇지만, 우습게도 초기 이민자의 장사 계산법은 뻔한 면이 있습니다.

하루에 천 달러씩을 팔면 이윤이 대충 원가의 30%이니 하루 이익이 삼백 달러 정도 될 것이고 한 달이면 구천 달러, 일 년이면 대충 십만 달러 정도의 이익을 낼 수 있으리라는 막연한 계산으로, 일수와 같은 비싼 고리채와 비싼 이자의 낙찰계 따위로 자금을 마련하여 경험 없이 사업을 시작하면서 원대한 꿈을 키우던 때가 이민자 누구에게나 한 번쯤은 있었을 겁니다.

때로는 머나먼 이국땅에서 하루빨리 자리를 잡아야 한다는 강박관념에 어느 시기 잘되는 날들을 기준으로 한 달 수입을 고정적으로 계산하여 무리한 지출이 앞서고, 어느 날 닥친 비수기와 경기불황으로 지출을 감당 못 하고 적자를 보면서 때로는 무리한 사채로 악순환을 거듭하는 예도 있습니다.

그러다 막상 후회스럽고 지겨운 장사를 정리하고 새 출발하려 마음 먹고 보니 벌어놓은 돈은 없고 오히려 빚과 돈도 안 되는 재고밖에 없다는 하소연도 대체로 이민 연륜이 짧은 사람에게서나 장사 초년병에게 많이 듣는 소리입니다.

이민자들의 마음은 급합니다. 그러기에 실패도 마음이 가장 급한 시절인 이민 초기에 흔히 겪습니다. 이민 초창기 한국인 이민사회에는 어디나 존재했다는 계를 이용하여 사업을 시작하고 사업 확장과 무리한 씀씀이가 어느 날 닥쳐온 불경기로 더 이상 버틸 수 없는 시기가 옵니다. 때로는 무리한 사채를 쓰기 시작하면서 눈덩이처럼 불어나는 이자에 자금난은 악순환되고 결국 고리대금업자의 배만 불리는 꼴이 됩니다.

생각해보면 과거에 교포사채업자가 사회나 교회에서 유지가 되고 모범으로 여겨졌던 것은 사채가 초창기 이민사회의 경제 구조에서 필요악이었기 때문은 아닐까 하는 생각이 듭니다.

거기다 서로 보증해야만 계를 들고 타는 연대보증이나 소위 수표 깡이라 불리는 3자수표선이자 공제지급이라는 악습 때문에 교민 사회는 서로 불신하는 풍조를 만들어 내며 끝내는 모두 피해자이자 가해자라는 이상하고 애증 섞인 관계가 형성되기도 합니다.

불안하고 갑갑한 이민자는 죽는소리하면 당장 돈줄이 끊어질까 두려워 더욱 과시적인 씀씀이와 행동으로 이어지기도 합니다. 그리고 끝내는 터져버리는 계 파동으로 부도가 나고 빚잔치, 구속으로 이어지고 야반도주와 재이주 등 어려운 일을 감당해야 합니다.

계가 사라진 요즘은 볼 수 없지만 십 년 전만 해도 연례행사처럼 흔하게 볼 수 있었던 뿌리 없이 떠돌아다니는 부평초와 같은 초창기 이민자들의 서글프고 서럽고 애처로운 이야기들입니다.

보통 이민사회에서 자리 잡은 사람들의 공통적인 이야기는 언제나 이민 초기에 겪은 수많은 시행착오, 악몽과 같은 말로 표현하기 힘든 서럽고 고생스러운 경험담이지만 과정의 중요성보다는 결과만 중요하게 생각하는 성급한 마음이 새내기의 눈에는 쉽게만 보이고 행운으로 보이기만 할 것입니다.

이처럼 편한 관점과 안일한 계산은 결과적으로 현실과 큰 차이를 보이며 끝내 이민자들은 첫 단추를 잘못 끼우는 우를 범하게 되는 것입니다. 그런 초창기 이민자들의 눈물과 시행착오의 전철을 이민사회는 타인의 치부처럼 외면치 말고 자신의 일처럼 공감해주고 이해해주되 잊어서는 안 될 것이라 생각합니다.

욕망의 진화

이민과 함께 시작한 장사가 호경기를 맞아 계획한 대로 이루어지거나 또는 평소 근면 성실하고 검소한 생활로 안 먹고 안 쓰고 한두 푼 모아 안정된 생활을 이루면서 이민은 새로운 국면에 다다른다는 느낌을 받습니다.

그 느낌이란, 이민의 연륜이 쌓이며 물질적으로나 심리적으로 안정을 이루면서 인간이면 누구나 느낄 수 있는 감정, 마치 고생 끝에 이룬 결과에 대한 인정이나 칭찬을 받고 싶은 보상심리일 수도 있습니다. 인간이면 누구에게나 존재하는 그런 욕망, 바로 과시욕과 명예욕이라는 것이 이민자를 유혹하고 끝내는 발목을 잡지 않나 하는 생각입니다.

초창기 이민사회를 이끈 사람들이 서로 연배가 비슷하고 비슷한 시기에 이민을 와 똑같이 모르고 없는 위치에서 시작한 이민들이지만,

세월이 갈수록 벌어지는 결과의 차이를 인정하기란 자존심 상하는 일일 것입니다. 그래서 그런지 성공한 사례는 언제나 타 이민자에게 하나의 모범 공식처럼 되어 너도나도 따라 합니다. 돈 벌어 미국이나 캐나다 같은 선진국으로 재이민을 떠나고 때로는 비슷한 사업체끼리의 경쟁이라는 모습으로 나타나기도 합니다.

돌이켜 보면, 경쟁이라는 것은 언제나 선의의 경쟁보다는 부정적인 면이 많아 제 살을 깎아 먹는 피 터지는 가격 경쟁으로 시작하여 때로는 과시적인 모습으로 내실보다는 외형을 중요시하며, 허례와 허식이 더 강조되기도 합니다. 그리고 그 경쟁은 사업체에서만 끝나는 것이 아니라 때로는 종교생활이나 수많은 친목 단체, 부수적인 사회생활에서 필요 이상의 경쟁으로 나타납니다.

때로는 좋았던 관계가 경쟁 때문에 하루아침에 원수로 변하기도 합니다. 어제까지 겸손하게 보이던 사람이 도전적인 모습으로 변하고 친한 시기에는 서로 이해해주고 이해받던 개인적 프라이버시는, 사이가 벌어지면 오히려 서로 비수가 되어 등을 찍는 경우도 있습니다. 친한 시기에 참아주며 묵인했던 잘못이나 감정이 어느 시기에 폭발하여 서로에게 치유될 수 없는 마음의 상처와 돌이킬 수 없는 사이로 발전하는 안타까운 일로 심심한 이민사회를 재미있게 만들기도 합니다.

하지만, 이런 경우를 당하고도 서로 묵인하거나 드러내지 않는 적대감으로 주위에 불편함을 주며 좁은 이민사회를 편 가르는 듯도 하지만, 가끔 주위에서 오히려 그런 상황을 이용하고 부추기는 느낌을 받기도 합니다.

이민사회의 꽃은 교민들이 주관하는 작은 행사나 잔치가 아닐까 합니다. 그곳에서 이민자들은 생활의 시름을 잊고 오랜만에 정을 나누기도 합니다. 때로는 이민사회의 경제규모에 비해 종교 단체나 친목 단체 같은 곳에서 필요 이상으로 큰 행사를 주도하는 것이 국민성의 위대함이나 기적처럼 비치기도 합니다.

　　하지만, 그런 행사가 일회적이고 소모적인 행사로 전락하고 단지 몇몇 단체와 교민 소수의 과시욕 잔치로 전락할 때, 오히려 평범한 이민자는 소외감을 느끼기도 합니다. 그 큰 규모를 유지하기 위하여 생기는 결속력과 헌신 등이 이민사회가 현지 사회에 적응하는 것을 어렵게 하는 요인이 되기도 합니다. 또한 한인 사회를 필요 이상 폐쇄적으로 만들거나 교민 사회를 분열시키고, 교민들의 생업과 이민의 궁극적인 목표 그리고 진정한 이민사회의 발전을 방해하는 원인이 되지 않았을까 하는 우려가 됩니다.

　　요즘은 그 원인의 결과 때문은 아니겠지만 끊긴 이민자의 유입과 다른 나라로 떠난 수많은 사람으로 조용해진 교민 사회입니다. 한동안 이민자로 북적댔던 과거를 기억해보고 그 당시 교민 사회의 경제 능력보다 나날이 커지던 교회의 건물과 기억에서조차 사라져버린 수많은 교민의 화려한 모습과 행사들⋯⋯. 세월이 지나고 돌이켜 보면 경쟁으로 실패하기보다는 자기 관리 실패가 가장 큰 이유처럼 느껴집니다.

이민자의 위안처, 교회

　기억에 남는 어린 시절 추억 가운데 하나는 한복을 입은 할머니와 어머니가 산속의 절을 찾아가는 모험과 흥분에 찬 산행길입니다.

　오래된 사찰에서 느껴지는 신비함과 두려움, 신화나 전설과 같은 이야기, 숲속의 약수터에서 들려주는 귀신과 도깨비 이야기, 숲속에서 만나던 벌레와 새 그리고 조그마한 동물의 흔적까지 그리움입니다. 그리고 들려오는 염불 소리와 인자하게 미소 짓는 부처님상에서 느끼는 안정감, 정갈하게 차려진 사찰 밥을 맛있게 먹던 기억 또한 또렷합니다. 어린 시절의 기억은 한국인이면 누구나 느끼는 정서적 뿌리이고 공통점이 아닐까 생각합니다.

　중학교 시절 어느 날 집에 들어와 보니 언제나 낯익게 미소를 지으며 앉아 있는 부처님상이 없어져 부모님에게 물어보니 "부처님께 빌어도 되는 일이 없고 또 주위의 권유도 있어서 교회에 나가려고 한다"

라는 말씀을 들었습니다. 그리고 동생과 나는 방 안에서 눈물을 훔치며 이런 약속을 한 것이 기억납니다.

"우린, 절대 부처님 버리지 말자!"

그러고 보면 평범한 사람들에게는 진리나 이상보다는 생활의 안정과 일상의 복이 무엇보다도 신앙의 우선 조건이 되나 봅니다.

그렇게 기독교와 인연을 맺었습니다. 어머니께서는 주위 친구분들과 나름대로 열심히 다니셨지만 아버지와 우리 삼 형제는 교회에 대한 생소함으로 잘 안 나간 것으로 기억됩니다. 아버님은 그저 성경이나 읽으시고, 나와 형제들은 연말이나 행사가 있을 때 선물이나 받아 보려고 나가는 얌체족이었습니다. 그러다 우리 가족은 몇 년 후 이민을 나왔습니다.

남미의 이민 생활에서는 종교 선택의 여지가 없습니다. 개신교와 가톨릭 같은 서양의 종교밖에는 없기 때문입니다. 하지만, 외로운 이민생활이라 그런지 한국인 몇 가족이 모이면 생기는 것이 교회라는 농담과 함께 한국인끼리 서로 일주일에 한 번 같은 시간 같은 장소에서 만나 모일 수 있다는 것이 큰 위안과 안식을 줌은 당연한 일입니다. 우리는 이웃에 사는 열성적인 교포 아줌마의 전도로 신앙생활을 시작했습니다.

초창기 많은 새내기 이민자는 그런 방식으로 교회에 가고 그곳에서 자신의 처지와 비슷한 교민을 만나 외로움을 달래고 필요한 정보와 위안을 얻으며 정신적·물질적 도움을 받을 수 있기에, 또 하나의 생활 방편으로 이민 생활과 더불어 신앙생활이 시작됩니다. 이민 초창기 시절, 많은 이민자가 일상과 주말 대부분을 교회에서 보내기도 하는 모습을 보며 외롭고 두려운 이민자의 생활에서 신앙생활이 차지하는 부분은 절대적이었다는 생각이 듭니다.

돌이켜 보면, 이민자의 신앙생활이란 외로운 이민 생활에 어딘가 소속되었다는 맹목적인 소속감과 결속력이 가장 큰 매력으로 느껴졌을 겁니다. 거기다 나름대로 교회에서 인정받으면 이민생활이 편안해집니다.

새내기 이민자에게는 생활의 도움이 되기도 하였었지만, 마치 신에게 선택을 받아 교회에 나온 것이고, 교회 생활을 열심히 해야 이민 생활에서 성공할 수 있다는 분위기를 떨쳐 버릴 수 없습니다. 그런 이유로 교회 지도자와 기존의 신자들에게 무조건 인정을 받아야만 되는 현실이기에 진실한 신앙생활을 하지는 못했을 것이라 여겨집니다.

교회와 일상생활에서 교인들의 처세 방법이 인격의 이중성과 위선이라는 것을 느껴 새내기 이민자들은 불만스러웠을 겁니다. 그래서 그런지 이민사회의 교회에서는 인간관계에서 오는 이해관계로 교회가 편이 갈리고 싸움과 불화로 사나운 꼴을 자주 보아왔습니다. 그런 추한 모습에서 나 같은 연약한 믿음을 가지고 있는 신자는 회의감이 들기도 합니다.

존재 확인과 존재 과시, 철학과 깊은 사고의 부재, 이웃에 대한 편협한 개념, 욕망과 불만에 찬 오늘의 양식에 대한 이해, 현실 도피적인 맹목적이고 기복적이며 독선적이고 아전인수 격인 사람들 틈에서 진실한 신앙이 생길 수 없을 듯합니다. 타성에 젖은 흑백 논리에 사로잡힌 신앙인의 모습에서 과연 종교가 필요한 것인지, 종교는 정말 아편과 같이 인간을 기만하고 도취시키는 것은 아닌지, 교회에서 위로와 평안을 얻을 수 있는 것인지, 세상을 잘 살기 위한 하나의 처세로 기독교가 타 종교에 비해 나은 것은 무엇인지, 교회는 과연 절대적인 선택인지 하는 등의 고민을 하게 됩니다.

지금 생각해보면 나는 이민 생활을 적응해나가는 것에 비례해, 오히려 그런 생각으로 교회를 떠났다고 생각합니다. 하지만 요즘 자주는 아니지만, 가끔 성당에 나갑니다. 아마 무사히 지낸 그동안을 감사하며 또 다가오는 미래의 안녕을 빌러 가는 것인지 아니면 피로하고 고단한 이민생활에서 위로와 위안을 얻으러 가는지 모르겠습니다. 하지만, 확실히 변한 나의 신앙관은 허무한 부모님의 죽음 그리고 나의 불효에 대한 속죄와 관계가 있다고 고백합니다.

말년에 외롭고 쓸쓸하게 돌아가신 나의 부모님의 불쌍한 죽음과 돌아가시기 전에 아버님이 천주교에 귀의하고 돌아가신다고 써 놓으신 유서를 보고 나서입니다. 종교에 냉정하셨던 아버님의 마음에 무슨 이유로 종교가 죽음 앞에서 받아들여졌는지 가슴에 와닿는 듯하고 예수의 죽음이 아버님의 죽음과 겹쳐졌습니다. 예수의 삶과 십자가와 죽음 그리고 부활이 무슨 의미인지, 왜 예수는 율법을 폐하러 온 것이 아니고 완성하러 왔다 하였는지, 왜 기독교는 십자가와 부활이 아니면 아무것도 아니라 했는지도 찬찬히 알아가려고 합니다.

그리고 예수가 한 사람 한 사람에게 어떤 의미가 있는 것인지, 나에게 주어진 십자가와 나에게 허여된 뜨거운 삶이란 무엇인지 그리고 나는 무엇인지 조용히 스치는 바람에도, 우연히 마주치는 타인에게서도 존재의 의미를 찾아볼 수 있을까 하고 가끔 주일이면 성당에 다니고 있습니다.

이곳 주일 한인들의 미사는 원주민 신부님의 집전으로 원주민 성당에서 드립니다. 오십 명 정도 모이므로 큰 성당이 썰렁하지만 조용히 생각할 수 있어 좋은 것 같습니다. 미사는 스페인어로 집전되고 공소 회장의 강론으로 끝이 납니다.

어찌 보면, 인간은 어딘가 의지할 곳이나 위안을 얻으려고 종교를 필요로 한다고 생각합니다. 내가 어딘가 여행을 떠나기 전 나의 길과 가족의 안녕을 위하여 남모르게 성호경을 긋고 집을 나서듯 때로는 불안한 미래와 앞날에 의지할 곳이나, 삭막한 환경과 견디기 어려운 삶의 고통과 피로 속에 위로와 안식이 절대 필요한 인간이기 때문입니다.

그러나 나의 신앙은 예수를 믿는 것이 아니라 이해할 뿐이라는 한심한 신앙고백과 함께 종교는 인간이 인간을 위해 만들고 존재하는 것이고, 정의란 그저 자신의 이기심 안에서만 적용되는 것이기에 신앙 역시 개인 선택의 자유라는 생각이 듭니다.

그런 생각 때문인지 아니면 이민생활이 오래되어 타성에 젖어 그런지는 몰라도 요즘은 어릴 적 보아온 부처상의 미소와 지금 예수의 십자가상이 서로 다르지 않고 비슷하게 느껴지기 시작합니다. 불안과

희망이 교차하는 외로운 이민사회에서 종교가 이민자의 삶에 절대적
으로 필요하지만 자신의 본분을 먼저 찾았으면 좋겠다는 생각이 듭
니다.

추락하는 것은 날개가 있다

사람에게는 운명을 바꾸거나 돈을 벌 기회가 평생 세 번 온다는 말이 있습니다. 그런 면에서 이민이라는 것 역시 하나의 기회입니다. 이민을 와서 어떤 이는 첫 번째 기회를 잘 잡아 두 번째와 세 번째의 기회도 하루 세 끼 먹듯 수월하게 잡아 성공한 인생도 있을 것이요, 때로는 기회가 무언지도 모르고 지나가 버리거나 아니면 잡았는데 능력이 부족하거나 관리를 잘 못하여 기회를 놓쳐버린 이도 있을 것입니다.

요즘은 모르나 20~30년 전 남미이민은 한국에서의 수준이나 사회적 권위가 인정되지 않았습니다. 누구나 가진 것 없이 현지 상황을 전혀 모르는 가운데 비슷한 출발선에서 시작한 이민이었기에 평등한 이민이었다고 생각합니다. 그런 면을 사회학적 관점으로 본다면 남미의 한국인 이민사회는 한국인의 어떤 사회보다도 원초적인 사회였습니다.

비슷하게 시작한 이민이지만 세월이 흐를수록 차이가 나기 시작했습니다. 그 차이는 이제 하늘과 땅 차이만큼 벌어져 더는 간격이 좁혀질 것 같지 않지만, 뜻밖의 변화로 그 차이가 좁혀지고 역전되기도 하는 것을 보면 아직 남미 이민사회는 기회의 땅임은 분명하다고 여겨집니다.

내 나이 30대 초반이었던 1990년대 초는 파라과이 동방의 도시에 사는 나에게나 이곳에 사는 많은 사람에게 보기 드문 기회였고 시기였던 것 같습니다. 브라질과 국경지역이며 자유무역 지역이었던 이곳의 특수성과 그 당시 새로 바뀐 브라질 정부의 경제 정책과 맞물려 한국에서 쓰레기를 수입해 가져와도 두 배는 이익을 본다는 농담이 오갈 정도로 몇 개월간 엄청난 특수경기를 누린 적이 있었습니다.

후에는 전체적인 경기는 아니어도 업종이나 품목, 노력 여하에 따라 신화는 이어져 가고 있습니다. 한동안 남미의 전체적인 불경기로 돈벼락 맞는 꿈과 같은 신화는 사라져 버렸지만 근간에 시작한 정보산업의 영향과 한국 기업과의 인연으로 신화는 이민 1.5세나 젊은 이민 세대에게 다시 이어지고 있습니다.

이민 30년을 돌이켜 보면 뿌리가 깊지 못한 이민사회에서 인간의 흥망성쇠의 유형은 이런 식으로 전개되지 않았을까 싶습니다.

어려웠던 시절 조그마한 가게를 잡아 열심히 일을 하며 한 십만 달러만 벌었으면 좋겠다는 소박한 꿈을 꾸다 예기치 않은 기회를 만나 이십만 달러, 오십만 달러, 아니 몇백만 달러로 업그레이드되어 갑니다. 그것과 비례하여 마음이 조급해져 과정보다 결과에 급급해지고 욕망은 걸신들린 귀신처럼 끝도 없이 사람을 추악하게 만들어 갑니다.

　때로는 없는 돈에 좋은 차와 비싼 장식품, 보석으로 경쟁자에게 과시하며 자기의 존재를 만방에 알리고 싶어 하기도 합니다. 먼 나라에 이민 와서 화목하게 살기보다는 반목으로 '두고 보자!' 하며 이를 악물고 살기도 하고, 때로는 교만하게 또 때로는 비굴하게 살기도 합니다. 그 호경기 속에서 앞으로 더 큰 경기가 올 것으로 기대하며 감사와 만족보다는 끝없는 욕망에 불평과 불만으로 이어집니다.

　밥 먹을 시간도 없이 인생을 즐기지도 못하고 오직 돈만 버는 기계 같던 날을 지나 자신을 되돌아보며 우스운 자기연민과 함께 종교적으로 광신도가 되든지 반대로 자신의 능력만을 믿는 완전한 불신에 빠지기도 합니다.

　적지 않은 교민들의 모임 중에 가장 모임이 잦은 교회는 성공을 비교하고 과시하는 척도의 장으로 변해갑니다. 손님은 왕이라는 말이 무색하게 손님과 종업원은 단지 돈을 벌어다 주는 노예일 뿐이며 친절과 연민과 인간미는 존재하지 않습니다. 오직 주위에 같은 부류만 필요할 뿐이라는 눈꼴신 선민(選民)적인 사고방식으로 변하고 세상의 모든 가치는 제일 먼저 돈으로 환산되고 세상일은 돈이면 다 해결할 수 있다는 무모한 생각과 행동이 난무합니다.

　때로는 말초적인 쾌락에 빠져 큰 액수의 도박과 주색잡기에 빠지기도 합니다. 본업보다는 부업에, 생업보다는 부수적인 사회생활에 정열과 시간을 쏟고 부질없는 자기만족의 명예와 인정을 추구하는 어리석음을 보이기도 합니다.

그러다 어느 날 불어닥친 불경기에 사람들은 후회하기 시작합니다. 뒤돌아보면 짧았던 호경기 시절이 어찌하여 그 당시에는 한없이 이어질 것 같이 느껴졌는지, 한 치 앞을 내다볼 줄 모르는 인간의 어리석음을 탄식하는 소리가 들려오고 '호경기는 짧고 불경기는 길다'라는 우스갯소리가 오고 갑니다. 흔하게 많던 그 돈은 다 어디 갔느냐는 자조적인 말도 오갑니다.

남미의 불경기가 끝없이 이어질 것 같은 재수 없는 느낌이 들기도 합니다. 오래가는 불경기에 익숙해져 기회를 놓치고 있지는 않나 걱정도 생깁니다. 언제나 불만족했던 순간순간이 지나고, 생각해보니 다 놓쳐버린 많은 기회처럼 느껴지기도 합니다. 한 번 더 기회를 잡으면 다른 곳에 눈 돌리지 않고 확실하게 하겠다고 다짐하는 사람을 많이 봅니다.

내 생각으로는 어쩌면 이런 현상이 노쇠한 초창기 이민 1세대가 1.5세대나 젊은 이민자에게 이민의 무대에서 자신의 자리를 내주는 과정이 아닐까 정의를 내려 봅니다. 그런 과정을 지켜보며 후세는 겸손을 배우고 인생을 깨우치기도 합니다.

이제 이민사회는 세대를 교체하고 또다시 부는 호경기와 불경기의 순환 속에 이민사회는 또다시 과거와 같은 모습을 반복하겠지만 그 반복의 모습은 과거보다 많이 조심스러워졌다는 것을 감지할 수 있습니다. 다수의 이민 1세대의 실수는 실패로만 끝난 것이 아니기에 이민사회에는 또 다른 기회와 희망으로 다가오고 있습니다.

'극과 극은 상통한다'라는 말이 있듯이 교만과 겸손, 사랑과 미움,

광신과 불신, 친구와 적, 방탕과 정숙, 추함과 고상함, 그런 상반된 두 개의 극단적이고 이질적으로 느껴지는 개념들이 이민 생활을 오래하며 보아온 수많은 군상에게서 개인적으로는 종이 한 장 차이만도 못하게 느껴지기도 합니다.

'추락하는 것은 날개가 있다.'

아직도 그 이야기가 욕망을 향해 날다 추락한 신화 속 이카로스의 이야기가 아닌 나와 내 이웃의 자화상이라는 것을 깨달아 삶에 대한 경고로 삼아 또다시 추락하는 일이 없기를 바라는 마음입니다. 돌이켜 보면 짧게만 느껴지는 인생살이 누구나 나이를 먹는 서러움은 피할 수 없다는 느낌입니다.

한국적이고 평화로운 세상

파라과이는 한때 이런 별명이 있었습니다.

'이별의 대전역 / 대전발 0시 50분 / 이민의 간이역.'

처음서부터 이곳에 이민 온 이유가 이곳을 통해 선진국으로 이민을 가고자 온 경우가 있고, 어느 정도 돈을 벌어 역이민을 간 경우도 부지기수입니다. 또 어떤 이들은 정착을 못 해 떠난 일도 있습니다. 이곳은 만남과 헤어짐이 일상처럼 되어 있고 거쳐 간 사람이 전 세계 교포사회 가운데 가장 많을 것입니다.

이민 초창기인 70년대와 80년대에는 또래 친구들이 정이 들 만하면 선진국이나 다른 나라로 떠나버려서, 옛 친구는 한 명도 없고 초창기 사람 중 나 혼자 남았습니다. 그 때문에 근 십여 년간 나이 비슷한 연배와 어울려 본 적이 거의 없습니다. 사귀는 사람들이 내 나이보다 오 년에서 십 년 정도 차이 나는 형님뻘인 분들뿐이었는데, 요즘 골프 친목회에 들어가고서부터 내 나이와 비슷한 연배의 사람을 사귀게 되었습니다.

만남이 귀하기 때문인지 과거 이민사회는 나이 속이는 일이 비일비재하였다고 합니다. 한두 살 차이는 모른 척 친구로 지내고, 열 살 이상도 형님 하며 지내는 것이었지요. 잘못하면 형과 동생, 자식과 아버지 사이에도 형님이라는 계산이 나올 만큼, 이민사회에 족보가 없다는 자조적인 우스갯소리가 나올 정도였습니다. 그만큼 서로에게 허물없고 격식 없이 사귀는 선택의 폭이 좁기 때문에 나온 말이었을 겁니다.

한동안 많은 이민자의 유입으로 북적거리던 이곳이 이제는 조용해진 나머지, 옆집 젓가락 숫자까지 알 정도로 좁은 이민사회로 변해갑니다. 부부싸움이라도 하면 다음 날 교민의 입에 오르내릴 정도로 좁은 동네가 되었습니다. 이렇게 좁고 정체된 인간관계에서는 서로에게 긍정적인 영향을 주기보다는 부정적인 영향을 주는 요소가 더 많이 적용되는 것 같습니다.

이민사회는 한국 내의 생활수준과 상관없이 모든 이민자가 같은 수준에서 이민생활을 시작하고, 이민이라는 동질감 때문인지 빨리 가까워지지만, 빨리 가까워지는 만큼 얼마 지나지 않아 사이가 나빠지거나 멀어지는 경우도 자주 봅니다. 사이가 나빠지는 원인이 이해관계 때문도 있겠지만, 외롭고 심심한 이민 생활과 이상적인 기대가 너무 컸기 때문일 것입니다.

예전과는 다르게 이곳의 이민사회가 과거보다 많이 성숙해졌습니다. 과거의 나쁜 감정은 잊고 교민의 애경사에 서로 발 벗고 도와주는 아름답고 소박한 모습은 미운 정 고운 정 다 들어버린 이웃사촌들이자 같은 배를 탄 운명의 공동체라는 느낌입니다.

나는 일 년에 한두 번씩 사업상 다녀오는 서울이나 상파울루, 로스앤젤레스와 같은 대도시 여행에서 바쁜 일정 때문인지 늘 피곤합니다. 대도시는 우선 바쁩니다. 시간에 쫓기고 사람에게 밀리고 차에 실려 다닙니다. 그러한 각박함 속에서 상대를 즐겁게 하는 따뜻한 농담 한마디, 일상의 안부를 물어주는 배려가 그립습니다.

소수이겠지만 이혼이나 불륜이 하나의 세태처럼 보이기도 합니다. 누군가의 표현처럼 사랑을 좇아 밤거리를 헤매지만 사랑은 이루어지지 않고 그저 섹스만 이루어진다는 불야성 같은 대도시. 그곳에서는 욕망이 모든 것을 지배하는 기준이 아닐까 하는 생각이 듭니다. 내가 사는 파라과이 동방의 도시는 그런 화려한 대도시처럼 갈 곳도 욕망을 배출하고 표현할 곳도 없습니다. 그렇기에 편안하게 마음을 부릴 수 있고 쉴 수 있는 안식처입니다. 바꾸어 말하자면 심심하고 무료한 간이역 같은 곳이기도 하고 직설적 표현으로는 촌스러운 시골 동네이기도 합니다.

생각하기에 따라서 어느 곳이나 마찬가지이겠지만 행복한 가정과 정을 나눌 수 있는 이웃, 먹고살 수 있는 생업이 있는 이곳은 한국의 소도시 같고, 고향의 정서가 느껴지는 파라과이 한인사회는 세계 어느 이민사회보다 한국적이고 평화로운 곳이라는 생각이 듭니다.

파랑새, 행복 찾기

누구에게나 로맨스는 있습니다.

이민을 오기 전 일입니다. 첫사랑이라고 할 수 있는 한 여자아이를 쫓아다니다가 첫 만남의 기회를 잡았습니다만, 자기를 왜 만나려는지 묻는 질문에 내가 좀 심오하게 "심심해서"라고 대답을 하자 그녀는 화를 내며 뒤도 안 돌아보고 가버렸던 추억이 있습니다.

심사숙고하여 생각해낸 나의 심오한 대답이 그녀에게는 영 시원치 않았나 봅니다.

이민 와서는 어떤 여자아이가 나를 좋아하는 줄 알고 자신만만해하면서 나는 별로인 척하고 다녔습니다. 그러던 어느 날 그것도 나랑 잘 아는 부잣집 친구 놈과 애인이 되어 눈 뜨고 못 볼 꼴을 지켜보아야 했습니다만, 쪽 팔린다는 이유로 누구에게 얘기도 못 하고 잠도 못 자며 통탄해한 적도 있었습니다. 나는 그때 헤세의 「아름다운 사람」이란 시에 곡을 만들어 부른 서유석 씨의 노래를 뼈저리게 이해할 수 있었습니다. 후에, 그녀가 그놈이랑 깨졌을 땐 얼마나 통쾌하던지……. 그리고 다시 찾아온 절호의 기회에 나는 그녀가 싫어하던 별명을 무심결에 불러버려 돌아오지 않는 강을 건너가 버렸습니다. 나는 인생에서 일막 이 장으로 끝나는 이야기가 있다는 것도 그때 알았습니다.

나는 결혼 전까지 연애다운 연애 한 번도 못 하였다고 고백합니다. 친구 놈들은 능력껏 잘도 하던데, 먹고살기 바빠서 그랬다고 자위해보지만 실제로는 용기가 부족하거나 기회 포착에 둔감하기 때문인 것 같기도 합니다.

내 아내는 한국에서 이민 온 지 얼마 안 된 어느 날 우연히 나와 만났습니다. 나는 첫 만남에 눈이 멀어 죽자 살자 쫓아다녔습니다. 날이면 날마다 장미꽃을 사주고 분위기 있는 고급식당으로 카페로 신나서 다니다 수표 막는 날짜를 잊어버려 거래 은행에서 부도났다는 연락도 받은 적이 있었을 정도로 용감하고 저돌적이었습니다. 요즘은 그 방식이 스토커라 불리며 고발도 당할 수 있다지만 그 당시는 정열적인 남성으로 비칠 수 있었다는 것이 참 다행이었습니다. 나는 결혼에는 시대의 마지막 수혜자이었는지도 모른다는 생각이 듭니다. 이민 오자마자 나를 만난 아내는 나의 구세주이고 나는 행운아입니다.

연애 시절 그런 나를 귀찮아하던 아내는 심각하게 자기는 한국에 기다리는 사람이 있다는 거짓말로 절교를 선언했습니다. 나는 그 말에 그 당시 유행하던 남미의 노래 가사를 인용하여 간단히 이렇게 대답한 기억이 납니다.

"EL AMOR NO TIENE DUENO!(엘 아모르 노 티에네 두에뇨!)"

"사랑에는 주인이 없다고!"

그리고 몇 개월 뒤 1987년 8월 14일, 이민 나온 지 10년 만에, 우리는 결혼을 해 가정을 이루었습니다. 생각해보면 연애 시절 아내는 내가 바친 나의 마음을 귀여운 장난감같이 조그만 손으로 장난치고 싶었나 봅니다.

올해는 이민 온 지 30년에, 결혼한 지 20년째 되는 특별한 해입니다.

대학에 들어간 큰아들과 대입을 준비하는 작은아들이 있고, 골프장 안에 지은 하얀 집이 있고 번화한 쇼핑센터에 내 소유의 가게가 있으니 상대적으로야 크게 성공한 것은 아니지만, 개인적으로 어느 정도 만족할 만큼 성공이라 생각합니다. 뒤돌아보면 결혼 후 별문제 없이 순탄하게 잘 살아온 것 같습니다. 그 이유는 현명한 아내와 집안 내력을 우선순위에 놓아야겠지만 환경적인 요인도 있음을 인정합니다.

어찌 보면 이민 나와 겪었던 수많은 고생 탓에 가정의 행복이 얼마나 소중하고 중요한지 어린 시절부터 깨우쳤기 때문은 아닌가 하는 생각입니다. 내가 이민지에서 느끼는 행복이란 한국 사회나 선진 사회에서 느끼는 행복과는 조금 차이가 있을 것입니다. 행복의 기준이 타인에게 보여지는 것이 아니라 자신이 느끼는 행복을 추구할 수 있어야 한다는 것입니다.

이민지에서 행복이란 오히려 한국의 경쟁사회보다는 구하기 쉬울지 모릅니다. 돌이켜 보면, 행복은 구하기 어려운 것임을 느낍니다. 어쩌면 행복이란 곁에 있을 때는 모르다가 없어지면 절실해지고 놓치기 쉽고 깨지기 쉽고 잃기도 쉬운 조심스러운 것이라는 것을 터득한다면 그리 어려운 일은 아닐 것입니다.

행복이란 타고나는 복이 아니라 만들고 지켜서 아끼며 조심스럽게 보살펴 줘야 오래가는 소중한 것임을 머나먼 남미 이민지의 소박한 삶 속에서 배우고 느끼고 깨우치며 살고 있습니다.

사내대장부가 나물 먹고 물 마셔도 만족하면 행복하다는 옛말이 남미의 이민사회에서는 아직도 유통기한이 안 지나고 어느 정도 실현 가능한 이야기는 아닐까 생각합니다.

덧붙임:

연애 시절, 세상에 회자되던 만화가 있었습니다. 그것은 이현세 작가의 『공포의 외인구단』이었는데 주인공인 까치는 여주인공 엄지를 위하여 너를 위하여 모든 것을 하겠다며 이렇게 말하지요.

"난 네가 기뻐하는 일이라면 뭐든지 할 수 있어!!"라고……

나도 주인공 까치처럼 그녀를 위하여 모든 것을 바칠 것을 약속하며 결혼을 했고 이제 시간이 흘러 나도 60을 바라보고 아내도 오십 중반을 바라보는 갱년기의 나이가 되어갑니다. 이제 호르몬의 변화로 나날이 소심해져 가는 열정을 느끼면서 만약 까치가 지금의 내 나이가 되면 이렇게 말을 바꾸지 않을까 하는 생각이 듭니다.

"난 네가 싫어하는 일이라면 뭐든지 안 할 수 있어"라고······.

이민사회의 자식 걱정

부처님은 출가하시기 전 부인 야소다라와의 사이에서 태어난 아들의 이름을 당신의 출가에 장애가 되었다는 의미로 '라훌라'라 지었다 합니다. 영겁의 윤회와 억겁의 인연으로 맺어졌다는 아버지와 자식의 관계가 부처님에게도 애착과 번민의 원인이 되었나 봅니다.

요즘 상파울루의 대학에 다니는 큰아들이 방학을 맞아 집에 와 있습니다. 하지만, 오랜만의 휴식인지 날마다 중·고등학교 동창들과 놀다 밤늦게 들어오는 것이 부모인 나에게는 걱정과 불면의 나날입니다. 얼굴색이 다르고 풍습이 다른 외국이라 쉽게 범죄의 표적이 되는 점도 그렇고, 젊은 혈기가 순간의 잘못된 판단으로 일을 칠 것 같아 그렇기도 합니다. 내 부모 또한 그런 걱정으로 밤잠을 설쳤을 것을 생각하니 자식과 부모의 관계는 돌고 도는 업이고 응보라는 생각마저 듭니다.

결혼개념이 희박한 남미의 서민층에게 한국인의 결혼관과 가족관은 기대와 부러움으로 비추어진다고 합니다. 그중에서도 개방적이고 인종차별이 없는 브라질은 우리와 같은 혼혈의 개념은 별로 느끼지 못합니다. 백인 피부의 부모에게서 검은 피부의 자식이 나오기도 하고 때로는 흑인의 부모에게서 벽안의 자식이 태어나기도 합니다. 내가 아는 한 일본인은 백인과 결혼하여 반흑인 딸을 낳았습니다. 그래서 그런지 나는 그 친구의 표정이 가끔 어둡게 느껴지기도 하는데, 선입견일 것입니다.

브라질의 순진한 선남선녀들은 동양인 애인을 얻는 것을 자랑으로 여기기도 합니다. 특히, 동양인과의 혼혈 아이가 다른 혼혈보다 더 귀엽고 예뻐 보입니다. 길거리에는 백인 여자와 흑인 남자가 팔짱을 끼고 다녀도 어느 누구도 관심 있게 쳐다보지도 않습니다. 거리의 청바지 광고판에는 반라의 동양인 남자와 반라의 금발 여인이 모델로 나오기도 합니다. 나폴레옹도 넘어간 크리올(남미에서 태어난 백인 처녀로 조제핀이 크리올입니다)의 미모는 젊은 이민 자녀의 마음을 붙잡기에 충분하리라 생각됩니다.

아무리 개방적이고 사는 곳이 외국이라 할지라도 현지인이나 다른 민족과의 결혼은 한국인 이민 부모에게는 우려와 걱정으로 비추어집니다. 사는 곳과 살아가는 모습이 달라도 같은 민족과의 결혼을 중시하는 한국인입니다. 그래서 그런지 배우자가 귀한 이민지에는, 혼기를 놓친 노처녀와 노총각이 많이 보입니다. 상대적으로 결혼이 쉬운 여자에 비해 노총각이 많습니다. 일부는 한국에서 신부를 데리고 오기도 하지만, 달라진 환경과 가족과 떨어진 외로움에 수입품이라 불리는 신부가 이민사회의 시집에 적응하기까지는 많은 고난과 역경이 따릅니다.

교민 중에는 현지인이나 다른 민족과 결혼하여 사는 이도 많이 있기에, 이제 혼혈도 당연한 한국인임을 인정하는 정서로 한국 사회나 이민사회가 변화해야 하고 당연하게 여겨져야 한다 생각됩니다. 하지만, 현지인과의 결혼이 현실적으로는 교민사회에서 소외를 의미하고 대다수가 문화적, 정서적 차이로 안 좋은 결과를 낳습니다. 한국의 정서를 가진 부모에게는 불안하고 가슴 졸이는 현상이 아닐 수 없습니다.

하지만, 이민자녀가 어린 시절에는 현지인 사회에서 많은 친구를 사귀며 잘 적응하고 한인사회에서 멀어지는 듯하다가 머리가 커가며 오히려 한인 사회로 돌아와, 한국인 친구와 애인을 만들려고 노력하는 것을 보면 안쓰럽기까지 합니다. 속일 수 없는 눈물겨운 뿌리의식과 끈질기고 생명력 강한 한국인의 정체성을 느끼기 때문입니다.

어찌 보면 이런 현상이 한국인 이민사회의 폐쇄성을 의미할 수도 있습니다. 이제는 그런 현상을 기정사실화하여 오히려 이민자녀가 겪는 양 문화의 차이와 장단점을 이해하고 나아가 양 문화의 갈등과 편견을 해결하고 관계를 발전시키는 장점으로 승화시켜야 한다는 생각도 합니다. 그러려면 이민자의 의식 전환도 우선이지만, 한국 정부의 이민정책이나 전체적인 한국인의 의식 수준도 세계화의 수준에 걸맞게 전환되어야 하지 않을까 생각합니다.

이민 2세의 바람직한 교육

일본인의 동화 정책과 근면 성실은 지금도 남미에서는 최고라고 인식하고 있습니다. 한국인 남미 이민 초창기에는 많은 한국인이 일본인 이민자와 그 이미지 덕을 보았음을 시인해야 합니다. 일본인의 이민정책은 과거 시행착오의 보완점이나 결점을 발견하고 지금도 계속 수정하고 발전시켜 나가고 있습니다.

1970년대 엄청난 국력신장으로 남미에 적극적으로 진출한 일본인들이 그들의 이민정책이 잘못되었다는 것을 시인하는 글이 상파울루의 일본인 신문에 난 것을 기억합니다. 그 당시 일본 신문을 앞에 펼쳐 두고 읽고 계신 아버지를 통하여 지나가듯 들은 이야기입니다. 당시 일본이란 나라와 그 나라의 기업이 브라질에 적극적으로 진출하고자 하는 시기에 일본이라는 국가와 그 기업은 그들이 보낸 이민자들의 도움을 기대했으리라는 것은 당연지사일 것입니다. 하지만, 문제는 바로 그 기대감에서부터 시작된 것입니다. 겉모습도 일본인이고 생활방식도 본토와 비슷하고 그 지역에서 자리를 잡고 인정받아 여러 분야에 진출한 일본인 2세, 3세입니다.

하지만 그들은 자신이 일본인이라기보다는 브라질에서 태어났기에 당연히 브라질인이라 하며, 언어도 안 통하고 사고방식도 전혀 달라 끝내는 그들과 기업에 아무런 도움이 되지 못하였습니다. 민족교육과 언어교육을 간과한 그들의 이민정책이 잘못됐음을 시인하고 지적하는 글이었다고 기억합니다.

하지만, 30년이 지난 요즘은 그들은 일본인이 아니고 브라질인이라는 식의 이야기는 하지 않습니다. 오히려 일본인 2세, 3세라는 식으로 표현하며 그들의 조상과 민족에 대한 자부심이 대단하고, 과거와 비교하면 본국 말도 잘합니다. 상파울루 중심가의 깨끗하고 거대한 빌딩 숲에는 많은 일본 다국적 기업의 간판이 보이고 양복 정장에 거리를 활보하는 젊은 일본인 2세, 3세가 많이 보이는 것이 그들의 앞날이 밝게 보입니다.

미국 방문 중 재미교포인 거래처 사장님에게서 들은 이야기입니다. 그분이 다니는 교회 신자의 젊은 딸이 자살하였다고 합니다. 학창 시절 수재라는 소리를 듣고 장학금이며 상장을 휩쓸며 교포 매스컴의 주목을 받았답니다. 졸업을 한 후, 유명한 다국적 기업에 취직되어 전도양양한 미래를 계획하던 중 갑자기 통보받은 파면 소식에 충격을 받고 자살을 하였다는 것입니다. 그녀가 한국인으로서 한국말을 못 하므로 그 기업에는 아무 소용이 없다는 것이 파면 이유였다고 합니다. 어찌 보면 그녀는 자신의 정체성에 충격을 받고 부모를 원망하며 이 세상을 하직했을지 모른다는 생각을 했습니다.

이민사회에서는 대학을 나와도 전공을 살린다거나 취직을 하는 경우가 드뭅니다. 결국 부모의 가업을 이어받는 경우가 많습니다. 그 이유야 전문적인 의사나 변호사가 아닐 바에야, 웬만한 학력으로 취직해도 회사에서 받는 쥐꼬리만 한 월급이 부모가 주는 용돈만도 못하고 백인이나 현지인 틈에서 앞날도 밝지 못한 것이 자존심만 상할 뿐이기 때문입니다. 오히려 전공과는 상관없고 떳떳하지는 못하지만 부모가 하는 장사가 낫다는 것이 주요 결론일 것 같습니다.

나는 언젠가 브라질 여행 중 들은 이야기로 자식의 취업에 대한 생각이 바뀌었습니다. 부모가 주먹구구식으로 키운 사업을 2세가 제대로 된 사업으로 키우는 것 역시 능력과 성공의 지름길이라는 생각으로 말입니다.

부모는 한국에서 자동차 부속상을 하다 이민을 나왔다고 합니다. 자식은 대학을 졸업한 후 유명한 자동차회사의 부품상에 취직을 했습니다. 그리고 몇 년 후 자식은 퇴사하고 그곳에서 쌓은 경험과 인맥과 정보로 부모와 같이 자동차 부속 수입을 시작하여 사업을 기업수준으로 키웠다는 이야기입니다. 이 이야기가 사실인지 알 수는 없습니다. 그러나 이제 이민자와 이민사회에서는 자녀의 취업도 전공과 배움의 연장선상에서 이해가 되고 장려하고 홍보하며 지켜봐 주어야 한다는 깊은 생각을 하게 하는 이야기였습니다.

대한민국의 이민자녀에 대한 교육 정책의 의도와 본질이 과연 무엇인지 궁금합니다. 우리의 교육열을 비교할 때 유대인의 자녀교육과 비교하지만, 유대인의 바탕에는 그들의 비극적인 역사에 걸맞게 알고 힘이 있어야 자신의 것을 지킨다는 비장한 철학이 숨어 있다고 봅니다.

한국의 매스컴에서는 미국 사회나 선진국에서 두각을 나타내는 이민자녀만을 부각시킵니다. 그래서인지 미국과 영어권 사회에서의 학업만이 세상의 기준인 것처럼 생각하는 것 같습니다. 남미의 이민사회에도 현지인 사회에서 두각을 나타내는 2세들이 많은데 전혀 관심이 없는 것도 남미에 사는 이민자로서 불만입니다.

그런 것을 보면, 유대인과는 달리 우리의 교육열의 근원에는 부모의 한풀이와 남이 하면 따라 하는 상대적인 비교 경쟁적이고 물질 만능의 개성 없고 줏대 없는 모습이 있습니다.

두세 개 이상의 언어와 문화를 경험하고 이해할 기회와 능력은 이민자녀에게 있어 축복입니다. 진정한 이민자녀의 교육정책이란 이민자의 후손이 제대로 형성된 정체성으로 자신의 뿌리에 자부심을 느끼고, 부모나 할아버지가 찾아온 머나먼 이민지이자 자신이 태어난 곳에서 인정을 받는 것은 물론, 나아가서 이민사회와 조국에 필요한 세련된 국제인이 되도록 만드는 과정입니다. 그것이 바로 이민의 꿈이고 목적이라 생각합니다.

더불어 편파적인 미국과 선진국 위주의 보도 경쟁에서 벗어나 이제는 세계 각지에 퍼져 뿌리내리고 사는 한국인 이민자의 생활과 삶, 그리고 이민 2세들이 한국인의 긍지를 잃지 않도록 고국의 언론에서는

좀 더 애정과 관심을 가지고 홍보해 주는 노력과 시선도 조국의 국제
화 시대에 필요할 것입니다.

권력 중독

    지금이나 예전이나, 나는 숫기도 없고 내성적인 성격이지만 어린 시절 초등학교 육성회장이라는 어머니의 엄청난 위력 덕분에 초등학교 내내 학급에서 반장이나 회장 같은 직책을 맡을 수 있었습니다. 하지만, 육 학년 초에 실시한 반장 선거에서 나의 독재와 장기집권에 물린 급우들이 나보다 못나고 무능해 보이는 경쟁자를 뽑아주어 서럽게 울며 집으로 돌아온 기억이 납니다. 그리고 2학기 때, 좋은 학군이라는 명분으로 전학을 가며 급우들에게 잊었고 더 이상 권력에 집착하지 못했습니다. 그 시절 또래 아이들보다 조숙하게 이미 권력의 단맛과 무상함을 느꼈나 봅니다.

    권력의 맛은 이런 것이 아닌가 생각합니다. 남과 다른 대접을 받고 먼저 정보를 얻을 수 있으며 뭇사람이 모르는 비밀도 가질 수 있다는 것과 대중 앞에 당당하게 나설 수 있고 그들을 이끌어 관심을 끌어내고 내 생각을 전체의 기준으로 만들 수도 있는 힘 말입니다. 너나 할 것 없이 크고 작음을 떠나 감투나 직책이라는 권력은 큰 매력이 아닐 수 없다고 생각합니다.

예수가 광야에서 사십 일 금식 후 악마로부터 겪은 유혹의 내용은 인간의 기본적인 욕망을 대표하는 것이며 그 욕망의 수준과 진화 그리고 중독성의 심각성을 경고하는 비유라고 합니다. 빵으로 표현되는 잘 먹고 잘살고 싶은 1차적인 본능과 욕망을 시작으로, 2차적인 권력욕과 지배욕 그리고 인정받고 싶은 욕망과 과시욕으로부터 인간은 벗어날 수 없을 겁니다. 악마가 예수를 유혹한 것을 보면 분명히 도에 지나친 권세욕과 과시욕 같은 욕망은 인간에게 본능적이고 강력한 유혹이자 끝내 우리를 파멸시킨다는 것을 설명하는 비유가 아닐까 생각합니다.

요즘 세상은 중독증이라는 병이 만연되고 있습니다. 마약, 도박, 알코올, 인터넷, 채팅 중독부터 해서 블로그 중독 등 해가 갈수록 세상의 중독 증세도 다양하게 늘어갑니다. 그중 권력 중독은 중증의 중독증으로 심각하게 생각해야 할 것 같습니다.

내가 없으면 세상일이 안 돌아갈 것 같고 나는 그들의 안녕을 위하여 힘쓰는데 그들은 그저 자기 자신만을 위하여 행동하는 이기적인 사람들이며, 그들 생각은 불평불만에 생각 없는 말초적인 존재일 뿐이며, 타인의 눈에 비춰지는 나의 권모술수와 언행의 불일치는 그들의 평화와 안녕을 위하여 당연하다고 생각합니다. 그러면서 그들은 나의 깊은 뜻을 알지 못하는 속물들이고 나만 제일 선한 것 같고 나를 이해

못 하는 타인이 우매한 바보거나 악인과 같이 느껴진다면, 그 사람은 틀림없이 직책이나 감투의 중요성을 떠나 권력 중독의 중증은 아닐까 합니다.

세계 방방곡곡에 널려 있는 좁은 이민사회에도 가난한 자와 부자, 학력의 높고 낮음을 떠나 구조적 평등과 존재적 평등함으로 시작한 초창기 이민사회의 순수하고 열정적인 교민들의 모임이 있었습니다. 해가 갈수록 빛이 바래지며 끝내 추악한 파벌싸움과 소모적이고 인신공격적인 추악하고 더러운 싸움으로 이어지는 것을 더러 봅니다.

그런 단체장은 임기가 끝나면 존경받기보다 인심을 잃습니다. 그런 현상은 지역을 떠나 한국인 특유의 부정적 근성으로 입에 오르내리며, 이민사회가 원초적이고 적나라한 곳이라서 더욱 심각하게 느껴지는지 모르겠습니다. 나라와 민족, 국민성과 인종, 지역을 떠나 어디에서나 볼 수 있는 현상이라고 생각합니다. 악질적이고 심각한 중독증세가 바로 권력 중독증이라 할 수 있겠습니다. 하나의 병을 병으로 인식하고 인정할 때 예방과 치유를 통해 좀 더 건강한 삶을 살 수 있지 않을까요.

좁게는 한 개인이 아닌 여러 인격체가 모인 초등학생들의 모임부터, 이곳 이민사회에서의 친목 단체나 종교 단체, 그리고 나아가서는 한 나라를 다스리는 정치 단체에서도 그런 부류의 병을 병으로 인정하고 자각하여 조심하고 그들의 초창기 취지나 목표, 선택처럼 순수하고 열정적이던 초심으로 돌아간다면 좋은 결과와 궁극적인 목적을 이루지 않을까 생각이 듭니다.

남미 이민자와 조국은 공동운명체

　과거에는 상상하지 못했던 한국인 관광객이 최근에 이곳에도 자주 보입니다. 물론 세계적인 관광지인 브라질과 아르헨티나의 이구아수 폭포를 구경하러 오신 분들이지만, 2006년에 성사된 파라과이와의 무비자 협정으로 다리 건너 두세 시간 파라과이를 구경하러 오신 분들이 대부분입니다.

　생각지 못했던 거대한 상권과 많은 한국 상품에 놀라지만, 워낙 파라과이라는 나라의 개념이 후진국에다가 무질서한 시장 분위기의 도시 외관 때문인지 교민을 만나 나누는 덕담에는 고생한다는 인사가 주를 이룹니다. 물론 한쪽 귀로 듣고 흘려버리는 형식적이고 관습적인 인사에 불과하지만, 자격지심 때문인지 자주 듣는 그 인사가 불쾌하게 들리기도 합니다. 그분들의 일정이 넉넉하다면 시외 골프장 안의 커다란 우리 집 수영장 앞에서 남미식 숯불갈비와 포도주를 대접하며 이

왕이면 잘사는 모습, 좋은 곳에 산다는 말을 듣고 싶은데 말입니다.

생각해보면 이민 초창기인 70년대 파라과이 이민자들은 고생과 서러움을 참고 견디며 역경을 이긴 의지의 한국인입니다. 그 당시, 남미 이민은 기본 정보조차 없는 상태에서 가진 돈도 없이 막연히 떠나온 이민이었지만 자생적으로 교회와 교민회를 만들고 한국학교를 지어 하나의 한인 공동체를 이루었습니다.

본국의 약했던 국력 탓으로 타민족과 비교하면 한국인이란 인식이 별로 안 좋았었고, 원주민과의 갈등에서 언제나 불이익을 당하고만 살아야 했던 서러운 이민세대들이었습니다.

이민을 나와 이곳에 정착하기보다는 보따리도 안 풀고 주변의 대국이나 다른 선진국으로 밀입국을 하려는 사람이 대부분이었습니다. 그러다 늘어나는 밀입국에 공항에서는 죄인처럼 격리 수용을 당해야 했고 하늘의 별 따기식의 주변국 비자 얻기와 국경에서 출입국마저 제재를 당해야 했던 힘없는 약소국의 이민자들이었습니다. 그러기에 그 당시 교민들은 한국 정부가 후진국 이민정책에는 관심 없고, 그저 국민을 갖다 버리는 기민 정책이라고 푸념하기도 하였습니다.

거리를 돌아다니면 무식한 원주민들이 두 손으로 양 눈을 치켜세우며 '코레아!' 하고 비아냥거리는 소리가 일본강점기 '조센징'이라는 말만큼 듣기 싫어 '너희가 위대한 대한민국을 아느냐?'라며 울분을 토하기도 했고, 차별과 편견에 맞서 원주민과 수없이 싸웠던 한 많은 이민자이었습니다. 그러고는 하루빨리 이 나라를 떠나야겠다고 다짐하고 맹세하던 서러운 이민자들이기도 합니다.

이민 나오기 전, 학교 교육이나 신문 뉴스를 통해 배우고 들었던 세계 최초, 세계 최대의 수식어가 유난히 많이 붙고 세계 어디서나 인정받고 알아줄 것 같은 위대한 한국이라는 것이 얼마나 기만이었는지 뼈저리게 느낀 초라한 이민 세대였습니다. 하지만 가뭄에 콩 나듯 이곳 뉴스 시간에 비추어지는 대한민국의 모습과 소식에 온 신경을 곤두세우고, 가끔 듣는 애국가와 휘날리는 태극기 모습에 눈시울을 붉히는 소박한 애국자들인 이민 초창기 세대들이기도 합니다.

지금은 대사관을 통하여 한국의 원조가 들어올 만큼 남미의 외진 곳까지 신경을 쓸 여유가 생기고, 88년 올림픽 이후 국력이 많이 신장하여 웬만한 나라와는 무비자 협정으로 방문이 쉬워졌습니다. 'made in Korea'의 상품이 세계시장을 휩쓸고 있지만 그전에 우리 이민자들은 말 한마디 안 통해도 손짓 발짓으로 장사하며 시장을 개척했고 때로는 인정도 못 받는 보따리 장사일망정 지구 반 바퀴를 돌아 남대문에서 동대문으로, 구로 공단에서 수많은 한국 상품을 배로 비행기로 퍼다 나른 억척같은 개척자 정신의 한국인이기도 합니다.

한국산 상품의 이미지가 저가품이라는 인식을 받을 무렵 매장의 가장 좋은 곳에 한국 상품을 진열해놓고 찾아오는 손님에게 한국 상품을 선전하며 하나라도 더 팔려고 필사적으로 노력했던 한국 수출 시장과 한류 열풍의 최선봉에 섰던 이민자들입니다.

이민 나와 안 먹고 허리띠 졸라매 가며 모은 귀한 돈을 한국에 가지고 나가 은행에 맡기고 부동산을 사놓으며 귀향의 꿈을 꾸다 터진 조국의 IMF로 한국의 서민과 마찬가지로 허무와 실망과 고통의 나락을 맛본 남미의 이민자이기도 합니다.

지금 남미 이민자들이 누리는 안녕과 평화는 과거 선진들이 피와 땀으로 고생했던 과정이 있었기에 가능하다고 생각합니다.

사업상 방문하는 대한민국의 모습은 더는 과거의 모습이 아닙니다. 나는 고국을 떠날 당시 한국 정서를 순수하게 간직하고 사는 이곳 이민자의 모습에서 더욱 한국적임을 느낍니다.

언젠가 돌아가야 하고 묻혀야 할 곳이라 생각하는 회귀본능 강한 한국인들이지만 오래된 이민자들은 이제 조국의 급변하는 환경에 적응하기 어려운 이방인이 되었을지도 모릅니다.

하지만, 자신의 생활이 어려워도 조국을 걱정하고 잘 되기를 바라고 때로는 월드컵의 휘날리는 태극기와 응원가 앞에 목을 놓아 열광하고 부둥켜안고 좋아했던 소박한 마음의 애국자들입니다.

고국의 화려하고 서구화된 도시를 보면, 한국에 사는 사람의 문화와 사고방식이 이민자들보다 더 서구화된 모습으로 보입니다. 불우했던 과거는 잊혀 사라지고, 포장된 화려한 현재만 기억하는 것 같아 불안을 감출 수 없습니다.

조국을 떠나면 모두 애국자라는 말이 대한민국의 위대한 역사와 조국의 화려한 발전 때문만은 아닙니다. 반만년 역사 속에 침략당하고 굶주렸지만 잡초처럼 다시 일어섰던 한 많은 우리입니다. 자식을 위해 수많은 고생을 견디어낸 허리 구부러지고 검은 머리 파뿌리 되어버린 백발의 어머니 같은 서러운 조국의 역사가 있기 때문입니다.

그런 조국의 역사가 우리 이민자의 모습과 겹쳐져 서럽고 가난했던 한 많은 우리 역사를 이해하기에 조국을 사랑할 수 있습니다. 역경을 딛고 우뚝 선 대한민국과 태극기 모습이 마치 고생과 역경을 딛고 머나먼 타국에 터를 닦고 자리 잡은 우리 이민자의 모습이고 지금의 안정된 행복이 나만의 영광이 아닌 우리의 수고와 노력으로 이루어진 결과라는 것을 알기에 우리 이민자들은 조국을 누구보다 더 이해하고 사랑할 수 있습니다.

생각해보면 조국과 남미의 이민자는 함께 울고 웃는 공동의 운명체이자 역경을 딛고 일어선 이민자는 누구나 다 애국자일 수밖에 없습니다.

이민의 끝은 어디인가

요즘의 이민자는 어떨지 모르지만, 과거 남미에 이민 온 한국인 이민자에게 미국으로의 재이민은 목적이고 성공의 기준이었습니다. 그래서 그런지 파라과이의 별명이 만나면 헤어지고 떠나는 이민의 간이역에, 선진국으로 가는 이민의 교두보에 이별의 대전역이었습니다. 교민의 집에 가면 언제나 떠날 준비로 보따리도 풀지 않은 채, 길에서 주운 사과박스로 옷장을 꾸민 집이 대부분이었습니다.

장사를 억척스럽게 하며 안 쓰고 안 먹고 어렵게 모은 돈을 미화로 바꿔 곰팡이가 슬 정도로 돈을 보관했다가, 어느 날 하늘의 별 따기 같이 어려운 미국 비자를 얻어 미국을 방문합니다. 그리고 그곳에 도착하여 은행에 개인 계좌를 열어, 벌어 놓은 돈을 미화로 정기예금을 한 다음 이민중개인을 만나 취업이민을 신청하고 재이민의 꿈을 꿉니다.

아니면, 관광이나 방문으로 들어가 불법으로 자리를 잡고 차후 영주권 해결책을 도모한다거나 혹은 자식을 미국으로 유학을 보내 미국식 교육으로 2세라도 환경 좋은 미국에서 살기를 꿈꾸게 합니다. 그것도 아닌 경우에는 각박한 미국보다 자연환경이나 주거 환경이 좀 더 만만하고 여유 있어 보이는 캐나다에 투자이민 형식으로 들어갑니다.

일단 캐나다를 방문하여 브로커를 만나 이민 변호사에게 이민신청을 하고, 천당 다음이라 구백구십구당이라 불린다는 밴쿠버와 주변의 섬과 로키산맥을 돌다 보면, 누구나 재이민을 꿈꾸지 않을 수 없습니다. 한동안 미국에서 물건을 수입하여 파는 것이 원산지인 한국이나 중국에서 구입하는 것보다 더 실속이 있었고 사업자의 능력의 척도처럼 여겨진 적도 있었습니다. 그런 것을 보면, 북미 중 특히 미국은 남미에 사는 이민자가 느끼기에도 문화, 교통, 물류, 금융, 교육의 중심이자 살고 싶은 선망의 지역이기도 하였습니다.

하지만 요즘은 정보 혁명 시대의 영향 때문인지 구태여 미국에서 한 다리를 거쳐 비싸게 물건을 구입한다는 것이 어리석은 일이 되어 버렸습니다. 그리고 재이민도 남미에서 건너간 한국 이민자가 본국의 이민자에 비해 아메리칸드림 성취율이 높았다고 들었지만, 최근 십여 년간 북미에 재이민 간 사람 중 많은 수가 이곳보다 생활이 더 어려워지고 적응을 못 해 재산을 탕진하고 다시 돌아오는 사람이나 재이민을 후회하는 사람이 늘고 있다는 소식입니다. 거기다 유학을 간 자녀도 졸업하고 취직이나 영주권 해결을 못 해 다시 돌아오는 경우도 많다고 합니다. 북미를 수차례 다녀본 저의 관점에서도 이민자에게 관대하다고 들었던 미국과 캐나다는 더는 이민자에게 관대한 기회의 나라가 아니라고 느껴집니다.

그런 현상은 9·11 사태 이후, 더욱 피부로 느낄 만한 변화로 다가왔습니다. 먼저 달러 가치의 하락입니다. 한동안 달러는 브라질의 헤알화와 비교하여 40% 정도의 비율로 하락하고 이곳 파라과이에서도 연일 달러 가치의 하락을 경신한 적이 있었습니다. 그래서 그동안 많은 교포의 사업이 환율 차이로 최고의 전성기를 누렸습니다(이 내용은 2008년도 기준이고 2018년 현재 환율은 다시 달러의 강세로 남미는 현재 최악의 불경기입니다). 하지만 그 호경기의 실체를 과거에는 사업을 하는 사람이면 대부분이 느끼고 누렸던 반면, 요즘은 꾸준히 사업을 지켜온 일부 교민들에게 국한된다는 것에서 제자리를 지키고 한 우물을 판다는 것과 뿌린 대로 거둔다는 방법이 하나의 진리이자 섭리임을 깨닫게 합니다.

그 현상과 더불어 과거 남미에서 자유로웠던 자금 이동이 남미에 사는 많은 아랍인들이 마약과 테러 자금을 방지한 돈세탁법과 탈세에 걸리면서 개인계좌의 송금이 원천적으로 봉쇄되고 있습니다. 더구나 현찰을 미국으로 반입하여 가져가도 미국의 은행에서는 근거 없는 돈이라 입금할 수 없고, 연 1%의 미미한 금리로 안전한 보관과 가치 유지를 의미하는 정기예금은 이자 수입을 훨씬 초과하는 달러가치 하락으로 미국과 달러는 이제 남미의 이민자에게 더는 매력을 찾을 수 없는 실정입니다. 그래서 그런지 요즘은 예전에 비해 많은 숫자의 교민들이 사업체를 확장하거나 아니면 부동산 투자로 자신이 사는 집이나 가게 건물을 많이 소유하며 2세, 3세를 생각하고 있습니다.

더군다나 과학과 산업의 발전으로 세상의 모든 것이 서로 연관되고 영향을 주며, 인위적 구분과 경계들 심지어 국경이라는 개념조차 그 의미가 퇴색하며 모든 것이 통합되고 융합되고 초연결되는 세상이 되었습니다. 하지만 아이러니하게 민족이라는 개념은 더욱더 확실해지며 해외의 동포마저 하나의 민족적 자산으로 여기는 세상이 되었습니다.

어찌 보면 과거와 전혀 다른 이민자들의 변화가 이제 파라과이 이민사의 새로운 장을 열며 긍정적인 파라과이 한인 사회가 될 것이라 생각합니다. 그리고 기준과 가치가 변해 가는 세상과 더불어 어디서 사느냐보다 모국과의 관계가 어느 때보다 중요해지면서 파라과이의 이민사는 이민 1세대에서 다음 세대로 넘어가며 이제 또 다른 이민의 역사와 장이 열리는 느낌입니다.

뜨거운 남미의 여름이 다가온다

　휴가를 떠난다 함은 일상의 번거롭고 부담스러운 개념에서 탈출하는 것입니다. 그것은 시간과 약속과 책임감과 형식과 격식의 개념을 상실하는 것입니다. 그것은 이 세상에 내가 없어도 태양이 뜨고 지구가 돌고 세상은 살아 움직인다는 단순한 진리를 깨닫는 겸손한 순간입니다. 그러다 문득, 행복의 근원이 자신이라는 나 자신의 소중함을 느끼는 것이며 반라의 차림으로 해변을 누비다가 한 번쯤은 누드해변의 유혹도 이해해 보는 것입니다.

　휴가를 즐긴다 함은 단순해지는 것입니다. 그것은 졸리면 자고 배고프면 밥 먹는 단순한 생활을 하는 것입니다. 그것은 새벽에 억지로 일어나는 것이 아니라 자연스럽게 일어나 상쾌한 아침을 맞이하는 것이며, 밤이 되면 밀려오는 졸음에 아무 걱정도 근심도 생각도 없이 깊고 깊은 단잠을 자는 것입니다.

휴가를 즐긴다 함은 평상시 즐길 수 없는 경치와 풍경과 모험을 즐기는 것입니다. 그것은 객관적인 시선으로 경치와 풍경을 바라보며 감탄하는 것이 아니라 내가 그 풍경과 경치 속에 녹아나 나 자신이 그 풍경 속의 조그마한 피사체가 되어 보는 것입니다.

아르헨티나 사람들은 휴가철이 되면 만사 제치고 휴가를 떠납니다. 한동안 그들은 고급스러운 휴가를 떠나려고 큰 집을 팔아 작은 집을 사서 남는 차액으로 휴가를 떠날 정도였다 합니다. 바로 아르헨티나가 망한 이유라 합니다. 그래도 그들은 예전처럼 고급스러운 여행은 못 가지만 연말에 여행을 가는 것은 지금도 당연한 정서로 이해되고 있습니다.

브라질인들은 연말에 바닷가로 휴가를 떠나고 카니발을 즐기려고 일 년을 일한다고 합니다. 그래서 그런지 그들은 모든 것에 낙천적이고 대국적입니다. 우리처럼 극단적인 긴장감을 느낄 수 없는 분위기입니다.

연초에 가게에서 나를 보고 반갑게 인사하는 브라질인 가족은 지난번 휴가지에서 만난 가족이었습니다. 12월 말로 시작하여 근 한 달 넘게 차를 몰고 이곳저곳 가족끼리 휴가를 즐기고 있다며 반가워하는 그들이 부럽기만 합니다. 단골손님들도 한동안 안 보이다 나타나면 언제나 하얀 이빨만 보일 정도로 검게 탄 얼굴에 한 달 정도 바닷가에서 쉬었다 왔노라 태연히 말합니다. 그들이 경제적으로 여유롭게 사는 것 같지 않은데 말입니다. 한국인의 근성상 그들의 여유가 게으름으로 비칠 수 있고 남미 천혜의 자원과 자연 혜택을 두고도 발전이 늦어지는 이유로 설명하려고 하지만, 살면 살수록 더워지는 이 남미에서 열심히 일한다는 것이 생명을 단축시킬 수 있다는 이유가 된다면 그들의 삶의 방식이 결코 어리석음만은 아닌 것 같습니다. 넓고 푸른 바닷가와 웅장한 자연을 지척에 두고도 생업과 습관적인 일상의 단조로움에서 벗어나지 못하는 우리 이민 세대입니다. 한동안 비자문제로 한국인은 넘나들지 못했던 국경이지만 이제는 무비자로 마음만 먹으면 갈 수 있고 발전한 여행 사업으로 말미암아, 큰돈 안 들이고 갈 수 있는 곳이 늘어나는 추세입니다.

남미에 오래 살면 남미인이 되어가나 봅니다. 해가 갈수록, 연말과 여름이 다가오면 느끼는 어떤 견딜 수 없는 긴장감이 언제나 일상의 탈출을 꿈꾸며 뜨거운 태양과 눈부신 바닷가를 그리워하게 합니다. 단조로운 일상에서 벗어나 일 년에 한 번쯤 그런 정신적이고 물질적인 여유로 몸과 마음의 기운을 재충전할 수 있는 풍요로움이 각박해져 보이는 우리 이민세대에게 꼭 필요한 휴가일 것 같습니다.

그대가 가을을 탈 때, 나는 여름을 탄다

장사는 안 된다 하더라도 다가오는 연말준비에 물건 주문하랴 창고 정리하랴 장부 정리하랴 바쁜 몇 주일을 보내고 있습니다. 그러다 보니 블로그에 글 쓴다는 것도 감정의 사치거나 부질없는 짓처럼 느껴지며 쓸 생각도 없어집니다.

그렇게 바쁘지도 않으면서 바쁜 척하고 조급해하는 나 자신을 보며 우습게도 『어린 왕자』에 나오는 아무 의미 없는 숫자와 돈 계산에 바쁘디바쁜 장사꾼 이야기가 생각이 납니다. 과연 행복이란 무엇인지, 여유란 무엇인지, 꿈이란 무엇인지, 잘 산다는 건 어떤 의미인지…….

하여간 그런 의문은 한 번쯤 하늘을 쳐다볼 줄 아는 여유를 줍니다. 남미의 밤하늘에 펼쳐진 수많은 별과 지평선에 보이는 야자수와 뜨거운 밤의 열기에 잔디밭을 날아다닐 반딧불을 상상하며 다가오는 여름의 열기를 서서히 느낄 수 있습니다.

아이들이 어렸을 적 해마다 한 번씩 놀러 간 브라질의 바다는 푸른 대서양으로 끝없이 이어지는 하얀 백사장을 배경으로 야자수와 열대림이 우거진, 바다로 흐르는 깨끗하고 조그마한 강이나 시냇물이 흐르는 멋진 곳이 여럿이었습니다.

그런 바닷가에 내 스타일로 예쁘고 아담하고 깨끗한 민박 하나 만들어 그곳에서 말년을 보내면 좋겠다는 비현실적인 꿈을 꾸고는 합니다. 멀리 사는 도시의 친구나 지인들을 놀러 오라 해 가끔 노년의 외로움을 달래고 인생을 즐겼으면 하는 바람입니다.

그런 곳에서 나의 생활은 단순할 것 같습니다. 아침 늦게 일어나 해변 노점상에서 파는 야자수와 찐 옥수수로 아침을 때울 것이고, 맨발에 러닝셔츠 차림으로 끝없는 하얀 해변을 돌면 좋을 것 같습니다. 거기다가 목줄을 하지 않아도 잘 따라오는 주인 말 잘 듣는 늠름한 개 한 마리도 있으면 외롭지 않아 금상첨화겠습니다. 더우면 바닥이 비칠 정도로 맑고 차가운 바다에 들어가 몸을 식히고, 목마르면 다디단 파인애플이나 열대 과일로 목을 축이고 배고프면 어느 포장마차에서 파는 새우구이와 맥주로 배를 채울 것이고, 졸리면 시원한 나무 그늘 밑에 늘어져 있는 흔들침대에서 낮잠 한숨 자도 좋을 것 같습니다. 사람이 그리우면 번화한 해변의 야외무대에서 반라의 남녀노소가 인종을 초월하여 펼치는 율동의 춤과 삼바의 노래 속에 사람들과 어울려 춤을 추거나 큰 소리로 노래를 함께 부르며 술에 취해 봐도 좋을 것 같습니다. 캄캄한 밤에는 오직 파도소리만 들리는 시커멓고 무서운 느낌마저 드는 넓은 바다 위로 펼쳐진 수많은 별과 은하수를 바라보며, 모닥불을 피워놓은 조그만 오두막 식당에서 시원한 맥주나 칵테일을 한 잔하며 떨어지는 별똥별을 헤아린다든가 아니면 술 취해 개똥철학이라도 밤새도록 해봤으면 좋겠습니다. 그러다 졸리면 시간에 상관없이 집에 들어가 잠을 청할 것입니다.

나의 꿈은 그저 멋진 꿈에서 끝나지 않을까 생각이 듭니다. 아마 그런 환상적인 생활도 반복하면 지겨울 것이 틀림없기 때문입니다. 그래서 그런지 브라질의 바닷가 휴양지에서는 많은 사람이 'NO STRESS!'라는 티셔츠를 입고 다닙니다. 그리고 휴가가 끝나 도시의 집으로 돌아온 사람들은 이제 'YES STRESS!'로 옷을 바꿔 입습니다.

페달 밟기를 멈추면 넘어지는 자전거처럼 그저 앞만 보고 달려야 하는 나의 삶이 운명처럼 느껴질 때 여름휴가의 꿈은 더욱더 환상적으로 다가옵니다. 그런 꿈이 한국의 그대가 가을을 탈 무렵 남미에 사는 나는 뜨거운 여름을 타기 시작하는 이유입니다.

뜨거운 크리스마스

　남미 파라과이의 크리스마스 풍경은 언제나 뜨거운 여름 날씨에 밤이면 집집이 정원에 켜져 있는 크리스마스트리 그리고 '페세브레'라고 부르는 예수님 마구간 모양의 장식물 주위로 야자 꽃, 수박, 멜론, 포도, 바나나, 오렌지 등 토산 과일 등이 놓여 있는 화려하기보다는 소박한 목가적 풍경입니다. 동네의 밤은 간간이 들려오는 폭죽 터지는 소리와 폭죽놀이에 시끄럽게 몰려다니는 들떠 있는 아이들의 소리가 들립니다. 그리고 낮에는 수많은 원주민 노동자들이 일 년에 한 번 파트론(빠뜨롱, 주인)으로부터 받는 연말 보너스와 '판 둘세(빵둘세)'라고 불리는 크리스마스 빵, 그리고 시드라라고 불리는 싸구려 샴페인을 선물로 받고 가족에게 나눠줄 선물과 함께 집으로 또는 고향으로 향하는 모습이 평화롭게 느껴집니다.

　한동안 라틴 아메리카를 위한 CNN 스페인어 방송의 공익 광고 중에 이런 것이 있었습니다.

비가 억수같이 쏟아지는 대도시의 어느 날 밤, 노신사가 우산도 없이 비를 맞으며 택시를 기다리다 가까스로 한 대를 잡습니다. 그러나 타려는 순간 그 옆에 자기처럼 신문지로 비를 막고 택시를 기다리며 부러운 듯 자신을 바라보는 어린 두 형제의 눈과 마주칩니다. 그러자 이 노신사는 체념한 듯 미소 지으며 그 어린 두 형제에게 차를 양보하고 손을 흔들며 태워 보내주는 그런 내용의 광고입니다. 그리고 이런 구절이 광고에 뜹니다.

"TENGA COMPASION! (텡가 콤파시온!)"

한국말로 "자비나 동정 또는 연민을 가지십시오"라는 뜻입니다. 아마도 넉넉하고 여유 있고 살기 좋고 인심 후하던 남미가 해가 갈수록 빈부 차가 심해지고 가난한 사람이 많아지고 집단 이기주의에 인정도 점점 메말라 가 인심도 흉흉하니 저런 광고까지 나오는 것은 아닐지 이해도 됩니다.

요즘은 덜하지만, 한동안 차를 타고 가다 신호등 앞에 서면 유리창을 닦아주며 돈을 구걸하는 아이들이 많이 보이곤 했습니다. 그 이유가 정치적 이유이건 역사적이거나 사회적 이유이건 어떻든 간에, 그들의 처지에 도움을 준다고 해보았자 호주머니 속에 있는 몇 푼일 뿐입니다. 솔직히 그들의 경계하고 분노하고 지쳐 있는 듯한 눈빛과 마주치면 가슴이 답답하고 미안하기만 합니다. 가끔 던지는 인간적인 농담 몇 마디에 상상 밖으로 수줍음을 타는 순진한 아이들입니다. 아마 잔돈 몇 푼도 중요하지만 그들의 존재를 상기시켜 줄 만한 인간적인 대우가 더 필요한지 모릅니다.

나는 종교에는 자비와 사랑과 연민이 공통으로 있다고 생각합니다. 그리고 모든 종교는 한결같이 이웃을 사랑하라 가르친 것을 볼 수 있습니다. 생각해보면, 성탄의 의미가 주는 자비와 연민과 동정의 뜻은 우리 인간이 느끼는 그런 것이 아닌—아마 상대방보다 좀 나은 입장에서 상대를 바라보고 다행히 내가 그 상태가 아님을 감사하고 불쌍히 여기는 그런 싸구려 동정이나 연민이 아닌, 전지전능하고 무소불능한 신의 입장에서 하루 살기에도 곤란한 인간에 대하여 느끼는 절대 권력자의 연민이나 동정심이 아닌—신 자신이 가장 낮은 위치의 인간이 되어 인간의 입장에서, 인간의 위치에서 세상을 보고 느끼고 같이 기뻐하고 같이 슬퍼하고 같이 울어주고 같이 괴로워하는 것이고 이것이 바로 신이 느끼는 인간에 대한 연민이고 성탄의 의미라고 알고 있습니다.

어찌 보면 남미의 성탄은 종교가 있느냐 없느냐, 예수의 신성을 믿느냐 안 믿느냐 그리고 남미의 역사에 어떤 식으로 종교가 들어와 그들을 개종시켰는가를 떠나 모든 이에게 피부색과 민족, 빈부와 신분의 차이를 뛰어넘어 인류가 하나 됨을 느끼게 하는 공통점이자 수백 년을 이어온 눈물겨운 행사라는 생각이 듭니다.

그래서 그런지 남미의 성탄 전야는 한국의 성탄절과는 달리 집에서 가족과 함께 지내면서 자정에 폭죽을 터트려 시끄럽지만 오히려 거리는 조용하기만 할 뿐입니다.

"FELIZ NAVIDAD! (펠리즈 나비다드!)"

성탄을 축하합니다!

브라질 바닷가에서 새해 맞기

아이들이 어릴 때, 연말이면 상파울루의 형과 동생 집으로 휴가를 떠났었습니다. 그곳에서 가족과 함께 바닷가 별장을 빌려 열흘 정도 놀다 온 추억이 먼 옛날이야기처럼 가물가물합니다. 그 이유는 장성한 아이들은 이제 휴가를 부모와 함께 지내기보다는 친구들과 어울리기를 더 좋아한다는 것이고, 또 다른 하나는 햇빛을 싫어하는 아내를 데리고 궁상맞게 호텔에서 뒹구느니 집에서 지인들과 골프 치고 가게 문 열어 매상이나 올리는 것이 더 낫다는 실용적인 생각이 앞서기 때문입니다.

요즈음 집 안이 북적댑니다. 상파울루에서 온 큰아들과 아직 고등학생인 막내의 친구들이 밤마다 놀러 오기 때문입니다. 그 친구들도 역시 부모를 떠나 미국이나 한국에서 공부하다 방학을 이용하여 집에 온 친구들이 많으니 서로 반갑고 송년회 준비로 마음이 들떠 있습니다.

남미에서는 12월 31일에 하는 연말 송년파티를 'REVELLION'이라 부릅니다. 이곳에서는 주로 이과아수 폭포 주위의 고급 리조트 호텔이나 클럽에서 송년파티를 하는데 타지에서 온 관광객으로 입장권이 매진되었다고 합니다.

수영장 주위에 뷔페식 요리로 상을 차리고 하얀 테이블보에 꽃과 촛불로 장식한 우아한 모습입니다. 그리고 자정의 폭죽놀이로 시작하여 밤새도록 춤과 노래로 한 해를 마무리하고 시작하는 것입니다.

하지만 그런 분위기가 우리 같은 동양인 이민자의 정서에는 아직 불편하기만 합니다. 우리의 정서로는 지인끼리 음식과 술을 나누고 고스톱이나 노래방에서 노래로 송년회를 보내는 것이 더 편하니까요.

브라질에서는 12월 31일이면 온 도시가 조용하다고 합니다. 너도 나도 차를 타고 바닷가로 내려가기 때문입니다. 제가 기억하는 뜨거운 여름의 12월 31일 브라질 바닷가에서의 추억은 이렇습니다.

자정이 다가오면, 많은 사람이 바닷가로 몰려나오기 시작합니다. 사람들은 하얀 옷으로 갈아입고 가족과 애인 손을 잡고, 장미 한 송이와 샴페인을 들고 있습니다. 아이들은 백사장 모래 위에서 시끄럽게 폭죽을 터트리며 놉니다.

어느 구석진 바닷가에는 브라질 전통의상을 입은 뚱뚱한 흑인 아주머니가 모래사장에 촛불을 켜놓고 브라질 토속신앙인 부두를 하며 소원을 비는 모습도 보입니다. 저 멀리 해변 중심가에는 시청에서 설치한 간이 무대에서 가수와 밴드가 요란한 춤과 노래로 사람을 끌어모읍니다.

　아마 그곳에서는 새해의 첫해가 뜨고 첫날이 밝아올 때까지 광란의 밤을 보낼 것입니다. 12시가 다가오면 길고 긴 해변 여기저기서 폭죽이 터지기 시작합니다. 그리고 12시 정각 시청에서 마련한 불꽃 쇼를 시작으로 너도나도 준비한 폭죽을 동시에 터트리며 브라질 바닷가는 가족과 주위의 모든 사람들에게 반갑게 새해 인사를 나누는 사람들로 넘쳐납니다.

　폭죽 연기가 안개처럼 뿌옇게 변하면서 축제의 장으로 변해갑니다. 그리고 이제 사람들은 손에 든 장미를 바다에 던지며 낮은 바닷가에서 발목에 파도를 일곱 번 맞으며 자신의 소원을 빕니다. 무슨 소원을 빌지는 각자의 생각과 처지의 차이로 다르겠지만, 누구나 자신과 가족의 행복과 안녕을 비는 것은 공통이 아닐까 합니다.

　생각해보니 브라질 바닷가에서 맞는 새해는 언제나 낭만과 행복 그리고 희망이 있습니다.

이민자와 언어

　한국에서 만약 누가 잠꼬대를 외국어로 할 정도면 그는 분명히 그 외국어에 능통한 사람으로 알려질 것입니다. 그리고 대화 중 욕이 자연스럽게 튀어나오면 그 사람은 상종 못 할 무식한 사람으로 낙인찍힐 것도 분명할 것 같습니다.

　이민 초창기, 스페인어와 이곳 원주민 인디오 말인 과라니어만 쓰는 이곳에서, 한국 중·고등학교에서 어설프게 배운 어쭙잖은 영어는 전혀 안 통해서 오로지 손짓 발짓으로 살아야만 했던 기억이 있습니다. 그때는 원주민이 나를 칭찬하는 것인지 욕을 하는 것인지 알아듣지도 못하는 것이 알파벳을 읽어도 뜻도 모르는 말 그대로 눈뜬장님이요, 말하는 언어장애인 신세였습니다. 이민 초창기에는 꿈속에서도 이 나라말로 헛소리를 지껄일 만큼 언어에 대한 스트레스는 대단한 것이었습니다. 오로지 상대방의 표정과 말의 억양과 그가 그려주는 그림으로 눈치껏 모든 상황을 정리하고, 되지도 않는 손짓 발짓으로 말을 배우고 장사를 하며 용감하게 돌아다닐 수 있었던 용기는 무식하면 용감하다는 말을 연상케 합니다. 지금 생각해보면 말 못하는 어린 동양인에게 손짓 발짓으로 대화하며 설명해 주려고 노력하는 이곳 원주민이 참 순진하고 착했었다는 생각이 듭니다.

가끔 사업차 들르는 미국에서는 영어를 못하거나 발음이 별로이면 길 가다 길을 물어봐도 상대조차 하지 않으려는 미국인입니다. 어찌 보면 남미 사람들처럼 상대방을 조금만 배려하고 이해하려 노력한다면 오렌지나 오린쥐나 이해할 것 같은데도, 영어를 정확히 하는 것이 마치 그들의 기준에서는 문명인과 비문명인의 척도가 되는 양 교만과 거만과 허세를 떨 때면 정나미가 떨어집니다.

이민 온 첫날 만난 한국 사람들의 대화 가운데는 왜 그리 욕이 많이 튀어나오는지, 도착하자마자 주눅이 들어 한국인도 무서워했던 시절이 엊그제만 같습니다. 며칠 지나고 나 자신도 무의식적으로 자연스럽게 욕이 먼저 튀어나오는 것은 전염성이 강하기 때문인지 모른다는 생각을 합니다. 이민자는 대체로 욕을 잘합니다. 한국에서 들어보지도 못한 욕을 나는 이곳에서 많이 듣고 배웠습니다. 그리고 이제 나 자신도 욕을 잘한다고 고백을 해야겠지요. 그 당시 듣지도 못하고 말할 줄도 모르니 우선 나오는 것이 욕이었습니다. 어떤 이는 한국에 가서 택시를 타고 가다 운전기사에게 무의식적으로 욕을 하여 망신을 당했다는 이야기가 남의 일 같지 않습니다. 아이들도 커가고 나이도 먹어가니 언어를 순화하고 정화하려 노력을 합니다. 생각해보면 이민자는 말 못하는 스트레스와 남의 나라에서 괄시받는 서러움을 욕으로 풀었는지 모릅니다.

이민 나온 지 오래된 나는 평상시 대화는 유창하게 할 수 있다지만 깊은 대화에서는 말문이 막힙니다. 때로는 의식적으로 불리한 대화에서는 못 알아듣는 체하기도 합니다. 그리고 어딘가 모르게 동양인 이민자다운 어수룩한 대화와 사고방식, 철학과 제스처가 이곳 사람에게는 신비로움과 편안함을 주면서, 교제를 나누거나 문제나 갈등의 해결에 좋은 실마리를 주거나 때로는 사업상 어떤 관용을 베풀고 쉬운 협상과 유익한 체결을 유도하는 계기가 되는 경험을 많이 했습니다.

어쩌면 그 방식이 언어란 수단이지 목적이 아니라는 것과 언어의 소통이란 문법이나 발음의 정확성보다는 대화의 두려움을 초월하는 것이 우선이라는 것을 이해하게 되는 이민의 짬밥을 얘기하는 것이고, 나아가 우리끼리 이야기하는 한국적인 것이 곧 세계적이라는 자부심을 이해하게 되는 동기가 되는지도 모르지요.

나는 요즘 예전보다 갈수록 현지 언어가 어눌해지는 것 같습니다. 현지인과의 대화는 언제나 사업상일 뿐이며 이곳은 지역상 포르투갈어와 스페인어를 쓰는 국경 지역이라 말이 뒤섞여 있는 이유도 있을 것 같습니다만, 나이를 먹을수록 일상생활에서는 부담 없는 대화를 즐길 수 있는 한국인과의 만남이 주가 되고 편안하다는 것이 이유일 것 같습니다.

요즘 이민자는 과거 이민자에 비하여 확실히 현지 말도 못하고 이 나라 풍습과 전통을 별로 이해를 못 하는 느낌이 듭니다. 오히려 한국의 교육 방식으로 영어와 미국문화 기준으로 남미를 이해하려는 오류를 범하기도 하지요.

예전에는 오로지 이 나라 TV와 라디오, 신문만이 유일한 정보매체였다면, 요즘은 너무 흔한 정보 탓에 머나먼 이곳에서도 한국식으로 살아갈 수가 있어 그런 것 같기도 합니다. 온종일 한국 사람만 골라 만날 수 있고 한국 음식점에 한국 식품점, 한국 드라마와 비디오에 한국 유선 방송, 한국 신문, 인터넷 등등 한국 소식만 골라 듣고 살 수도 있기 때문입니다.

아이러니하게도 정보의 혁명은 세상을 개방시키고 세계화시키는 것이 아니라 오히려 정보의 편식으로 다른 민족과 나라와 인종을 이해하고 동화시키는 것을 방해하여, 끝내는 서로 폐쇄하며 극단적 민족주의와 선민주의가 될 수 있는 단점도 나올 수 있을 것 같습니다. 아마 이 현상이 국경은 사라지고 영어가 국제화되고 있는 반면에 민족 개념과 이민자의 정체성은 오히려 더 강화되고 있는 현상을 일부 설명해 주는지도 모르지요.

남미 사람을 이해하는 또 다른 시각

한 어부가 탄 조그마한 조각배가 남미의 조그마한 시골 마을의 해변에 도착했을 때, 그곳에는 어떤 미국인 투자 전문 은행가가 있었습니다. 배 안에는 큼직하고 노랗고 물 좋은 참치 몇 마리가 있었지요. 미국인은 질 좋은 생선을 칭찬하며 어부에게 이렇게 물어보았습니다.

"이 생선을 잡는 데 얼마나 오래 걸렸소?"

그러자 어부는 이렇게 대답하였습니다.

"조금 걸렸습니다."

그러자 미국인은 다시 이렇게 물어보았지요.

"왜 좀 더 많은 시간을 내서 더 많은 생선을 잡지 않는 것이요?"

그러자 어부는 자신과 그의 가족이 생활하기에는 충분한 양이라고 대답하였습니다. 이제 답답해진 미국인은 어부에게 낚시하고 남는 시간에는 무엇을 하느냐고 물어보았습니다. 그러자 어부는 대답하였습니다.

"늦잠을 자고 일어나 낚시를 조금 하고 돌아와, 아이들과 조금 놀아주고, 내 아내 마리아와 낮잠을 즐깁니다. 그리고 매일 밤 포도주를 마시고 친구들과 기타를 치고 노래를 부르러 마을로 갑니다. 보시다시피 나는 이렇게 재미있고 바쁜 삶을 산다오."

그러자 미국인은 말했습니다.

"나는 하버드 대학을 졸업한 사업가이고 당신을 도와줄 수 있소. 이제 설명해 주겠소. 당신은 먼저 더 많은 시간을 고기를 잡는 데 소비하여야 하오. 그리고 늘어난 수입으로 더 큰 배를 사는 것이오. 그리고 그 배로 늘어난 더 많은 수입으로 당신은 이제 배를 더 살 수 있을 것이며, 나중에는 여러 어선을 소유한 선주가 될 수 있을 것이오. 그러면 그때부터는 고기를 잡는 것이 아니라 여러 고깃배로부터 고기를 거둬들여 생산과 공급과 가격을 조정하는 것이오. 그러려면 당신은 이 조그마한 시골마을에서 나와 수도로 가야 할 것이고, 나중에는 LA 그리고 마지막에는 뉴욕과 같은 세계 경제의 중심에서 당신의 거대한 기업을 조종하는 것이오."

그러자 어부는 이렇게 물어봅니다.

"그렇게 되려면 얼마나 오래 걸릴까요?"

그러자 미국인은 15년에서 20년은 걸릴 것이라고 대답해 주었습니다.

그러자 어부는 이렇게 물어보았습니다.

"그러면 그 후에는?"

그러자 자신의 말이 먹힘을 기뻐한 미국인은 희색이 만면한 채 이렇게 대답하였습니다.

"그렇소! 그 이후가 가장 중요한 것이오. 시간이 되면 당신은 당신의 기업을 주식시장에 상장하여 당신의 주식을 파는 것이오. 그러면 당신은 부자가 되오. 수백만 달러를 소유한 그런 엄청난 부자 말이오."

"수백만 달러……, 그 후에는?"

그러자 미국인은 행복한 미소를 지으며 이렇게 대답하였다 합니다.

"그러면 은퇴를 하는 것이오. 그리고 조용한 시골의 바닷가로 이사하여서 늦잠도 자고 낚시도 하고 아이들과 놀기도 하고, 때로는 아내와 낮잠도 자고, 밤에는 마을로 가서 친구들과 포도주를 마시며 기타를 치며 노는 것이오!"

이 이야기는 언젠가 이곳의 조그마한 원주민 성당의 게시판에 걸려 있던 글입니다.

그 이야기를 기억하고 인터넷에서 찾아보니 '어부와 MBA'라는 이름으로 라틴아메리카에서는 유명한 우화임을 알았습니다. 이 이야기를 읽으면 에리히 프롬의 『소유냐 존재냐?』라는 책의 영향을 떠올리게 합니다.

남미는 서구인에 의한 대륙 발견 당시서부터, 많은 이상주의자에 의한 이상촌 건설이 시도되어왔습니다. 잘 알려진 영화 〈미션〉의 주인공들인 예수회의 사제들이 그렇고, 브라질에서 발생한 해방신학과 체 게바라와 카스트로의 쿠바 혁명, 최근까지 부는 좌파 열풍의 베네수엘라 차베스의 사회주의와 아르헨티나 페론당 정권과 브라질의 룰라 좌파 정권 그리고 우루과이 무히카 대통령 명성까지 남미에 살면서 지켜보고 느껴본 무수한 시도와 현상들이 서로 연관성을 가지고 있다는 것을 알 수 있습니다.

하지만 그 이상적인 시도도 국제 경기의 하락으로 인한 원자재값 하락으로 경기는 파탄으로 이어지며 좌파 정권의 실정과 그에 대한 불평으로 이어지고 있습니다. 세상이 이제 시간과 공간의 경계가 무너지며 하나의 거대한 시장으로 변한 이상 혼자서 유유자적하게 풍월을 읊으며 사는 시대는 막을 내린 것이지요.

지금 세계가 겪는 경제위기의 본질이라는 것도 단순하게 생각해보면, 불확실한 미래를 확실하게 지배하고 소유할 수 있다는 지배욕과 소유욕 그리고 착각이 빚은 결과가 아닐까 하는 생각이 듭니다. 아마도 그런 착각이 불확실한 미래에 기대하는 자신의 수입과 재산과 소유와 희망까지 현재에 가산하게 만들 뿐만 아니라, 냉정한 현실을 안일하게 부풀려 그 결과 필요와 능력 이상으로 경쟁적이며 과시적으로 과소비하게 만드는 것이지요. 그리고 끝내는 감당할 수 없는 빚으로 경제적 기반이 약한 중산층을 몰락시키고 사회를 양극화시키는 원인이 되고 있는지도 모릅니다.

하지만 남미의 경제 위기가 아시아나 동유럽의 경제 위기에 비해 상대적으로 국민의 동요가 무관심해 보일 정도로 덜 심한 이유는 열악한 남미의 금융시스템으로 인하여 달러 현찰을 선호하고 국민들이 금융투자나 펀드에 상대적으로 덜 관심을 둔 것에 연유할 수도 있지만 궁극적으로는 남미인의 특유한 낙천적인 성격 탓일 수도 있다고 생각합니다.

예전에 택시를 타면 파라과이 운전사는 한국말로 "빨리빨리"를 외치며 서두르는 모습을 보여주곤 합니다. 그리고 언제나 돌아오는 그들의 반응은 '트랑킬로 아미고(tranquilo amigo)'입니다. 의역하자면 "진정해라, 친구야! 급한 거 없다. 편안히 마음먹어라" 이 정도 아닐까요? 비좁고 각박한 한국에서 온 이민자는 넓은 땅덩어리와 천혜의 자연과 값싼 물가와 더불어 풍부한 고기와 채소와 과일에 놀라기도 하지만, 한편으로는 그런 혜택을 두고도 게으른 탓으로 발전이 더딘 남미를 우습게 보기도 합니다. 하지만, 40도를 오르내리는 무더운 날씨와 기후 탓에 한국처럼 급하게 살고 열심히 일한다는 것이 무의미하게 느껴지거나, 아니면 지척에 둔 자연의 아름다움을 느끼지도 못한 채 매일매일 반복된 일상에 나이만 먹어가는 모습이 허무하게 느껴질 때, 12월의 한여름이면 만사를 제쳐놓고 대서양의 바닷가로 휴가를 떠나는 남미인의 단순한 모습이 진정한 축복처럼 느껴지기도 합니다. 그리고 바닷가에서는 남녀노소, 빈부와 피부색의 차이를 떠나 뜨거운 태양 아래 누구나 반라의 수영복 차림이 되니 존재의 평등을 느끼기조차하지요.

성질 급한 우리 한국인이 이해하기 힘들고 게을러 보이는 남미인의 가치 개념과 자부심을, 더 있고 더 소유해야 하는 경제적 개념이나 잘나고 못나고 우와 열을 가려야 하는 비교 경쟁적 개념에서 찾을 일이 아닙니다.

한번쯤 개개인이 느끼는 행복의 기준과 삶의 질이라는 낙천적인 개

넘과 세상에 하나뿐인 존재라는 철학적인 의미에서 그 이유를 찾아본다면, 어쩌면 좀 더 남미에 대한 이해가 쉽지 않을까 생각이 드는 요즘입니다.

카지노는 즐기는 곳

지척에 있는 카지노 때문에 패가망신한 사람을 많이 보았기 때문인지, 나는 카지노를 좋아하지 않지만 마지못해 일 년에 두세 번 정도 가야 하는 경우가 있습니다. 그런 경우는 주로 먼 곳에서 손님이 찾아왔을 때, 갈 데 없는 이곳에서 카지노는 하나의 정규 코스이기 때문입니다. 그럴 때 나는 노름을 천성적으로 좋아하지 않지만 하나의 원칙을 세웁니다. 그 원칙은 가져가는 돈의 액수를 정하는 것과 따든 잃든 다음 날의 스케줄을 위해 그만두고 일어나는 시간을 정하는 것이지요. 보통 200에서 300달러 정도 가져가며 밤 9시에 도착하여 자정까지 하는 것을 원칙으로 세웁니다. 카지노에는 많은 종류의 노름방식이 있지만 그중에서도 최소한의 배팅으로 최대한의 시간을 끌 수 있는 포커를 주로 합니다. 그리고 노는 방식에도 하나의 원칙을 세웁니다. 배팅은 처음서부터 10달러를 원칙으로 한다거나, 그리고 따든 잃든 그

페이스(pace)를 유지하는 것이지요. 왜냐하면, 어떤 느낌이나 감에 의해 좌지우지하는 원칙 없고 방정맞은 배팅은 초판 패배와 더불어 많은 돈을 잃게 할 여지가 많음을 경험했기 때문입니다.

하여간 도박을 하다 판돈이 10% 정도로 줄어들면 최대한 시간을 끌려고 배팅 액수를 1달러짜리로 내리기도 합니다. 그리고 만약 그날의 초반 운세가 좋아, 어느새 판돈이 가져간 돈의 2배가 되면 배팅의 액수를 2배 이상으로 올리기도 하지요. 그리고 그 운세를 유지하여 판돈이 커져도 정해진 시간에 나가는 원칙을 지켜 11시 30분쯤 배팅을 처음의 10달러 수준으로 내리며 막판 굳히기에 들어갑니다.

배팅에도 하나의 원칙을 세워야겠지요. 최소한 원 페어(pair)는 되어야 할 것 같고, 그 페어가 최소한 딜러가 가질 것이라 예상하는 페어보다 높은 에이스와 같은 페어일 경우에는, 돈을 더 주고 하나의 새로운 카드로 바꾸어 최소 투 페어나 트리플 이상을 꿈꾸며, 조심스럽게 카드를 쪼아 보는 것도 스릴이 있어 좋을 것 같습니다. 운이 없어 최소한 딜러가 아무것도 안 가졌다면, 본전은 할 것이고 아니면 더 큰 액수의 돈을 딸 수 있는 확률이 높기 때문이지요. 만약 딜러가 더 높은 패를 가졌으면 기 싸움에 졌다거나 운이 없다 생각하면 그만이지요. 최소한 확률적인 계산으로 앞으로 닥칠 실패나 성공을 예측할 수 있을 것 같습니다. 그 정도의 확률 계산이 되어야 앞으로 카드 앞에 닥칠 어떠한 불행이나 행운 앞에서도 도박자는 평상심으로 포커페이스(poker face)를 유지할 수 있지 않을까요.

내가 보기에는 포커페이스란 남을 이기려고 자신의 감정을 속이는 것이 아니라 최소한의 계산에 의해 앞날의 결과가 자신의 예측 안에 들어오는 경우에만 가능하다 생각합니다. 하지만 같이 간 동료가 그 기준을 잃고 우왕좌왕하며 지갑에서 계산이 안 되는 고액의 달러 지폐가 수시로 나오면 동료에 대한 의리상 어느 정도는 원칙을 파기하고 같이 잃어주는 것이 오히려 인간적입니다.

언젠가 가본 라스베이거스 들어가는 입구에 자기네 슬롯머신은 97% 정도의 높은 확률로 돌려준다는 어느 카지노의 광고판이 기억납니다. 굉장히 기대되는 수치이기도 합니다. 100달러를 갖고 슬롯머신을 하면 100달러를 다 당기는 순간에 벌써 밑에는 97달러 정도의 동전이 나와 있으니 한참은 놀 수 있을 것 같고 잘하면 잭팟 한번 터트릴 기회도 있을 것 같기도 하지요. 하지만 어떻게 해석해보면 노름꾼은 항상 3%를 손해 본다는 말이 될 것 같습니다. 어느 누가 100달러 넣어 97달러 가져가려고 노름합니까? 그런 식으로 밤새도록 노름을 하다 보면 있는 돈, 다 까먹는 것이 노름판이기도 합니다.

솔직히 카지노에 몇 번 가보면 돈을 어느 정도 딸 수 있겠다는 생각도 듭니다. 도박장에서 내가 가진 전체 액수의 1~5% 정도로 배팅하다 보면 어느 순간에 내가 가지고 시작한 액수의 10% 정도 따지고 있을 때가 있습니다. 그때 나오면 따는 것 아닐까요? 하지만, 그것은 실제로 굉장한 자제력과 인내력을 요구하는 것 같습니다. 어찌 보면 인생이란 것도 도박판과 비슷하지요. 왜냐하면, 몇백 달러의 돈으로 몇천 달러, 몇만 달러의 확률을 기대하고 배팅을 하듯이 인생살이도 그런 기대감으로 살아가기 때문입니다.

라스베이거스의 진짜 도박사는 화려한 인생을 사는 멋진 신사가 아니라, 일용할 양식을 얻을 만큼의 돈을 목표로 매일 찾아오는 초라한 노신사들이라 합니다. 그러므로 내 원칙은 카지노는 일확천금을 꿈꾸며 운명을 거는 곳이 아니라, 단지 즐겁게 지내러 아주 가끔 놀러 가는 곳이라고 이야기해주고 싶습니다.

이민의 외로움과 빠삐용

요즘 나의 심정은 우울하다는 표현보다 외롭다는 표현이 어울릴 것 같습니다. 그것이 날이 가고 계절이 바뀌듯, 생물학적으로 갱년기 장애인지 아니면 나이 먹어가는 증거인지 그것도 아니라면 갑자기 변해버린 환경에 적응을 못 하는 정서적 게으름일 수도 있겠고, 소심하고 변덕스러운 성격의 문제인지도 모르겠습니다.

일단 변화의 시작은 아이들로부터 시작한 것 같습니다. 큰아들이 모국어 배우러 한국에 들어갔습니다. 영원히 품 안의 자식일 것 같던 막내도 한국 대학에 진학할 것이라며 일 년간 부모 곁을 떠나 한국에서 생활하게 되었습니다. 아내하고 둘이 산 지 벌써 한 달째입니다. 이민 나와 지금의 아이들 나이 때, 여행 한번 제대로 못 해본 나에게는 격세지감을 느낄 만한 변화이지요.

나는 치졸한 공치사로 아들들을 얽어매고 있는지 모릅니다. 연락

한번 먼저 안 하는 아이들이 섭섭하기만 합니다. 하지만, 아이들이 아빠만 졸졸 따라다니던 시절 사람 만나 술 마시고 노는 재미에 제대로 놀아주지 못한 것이 지금은 후회가 됩니다. 생각해보면 세상살이란 지나 봐야 깨우치는 어리석음의 연속인지도 모릅니다.

나보다 아내는 해가 갈수록 대인관계서부터 사회생활의 폭이 넓어지는 것 같습니다. 나보다 오라는 데도 많고 갈 곳도 많은 것 같습니다. 집 안에서 밥 잘해주고 같이 있어 주는 아내가 고맙게 느껴지는 것은 나이 먹어가며 아내의 뒤만 졸졸 따라다니는 나 자신이 한심해 보이지 않을까 걱정도 됩니다.

몇 년 전만 해도 갈 곳도 많고 부르는 데도 많았던 것 같은데 예전과 달리, 건강 걱정에 술 한잔 거하게 못 마시는 것이 외톨이가 되어 가는 느낌입니다. 어쩌면 남자는 여자보다 더 고독한 동물인지 모릅니다. 하기야 남자는 나이 먹으면 여성 호르몬이 나와 정서적이 되고, 반대로 여자는 남성 호르몬이 나와 사회적이 된다 하지 않던가요. 나의 이런 외로운 느낌의 가장 큰 이유 중의 하나는 어쩌면 이곳의 환경 때문인지도 모릅니다. 이민의 간이역이라 불리던 이곳에서 오자마자 수많은 만남과 이별을 겪어 봤지요. 수많은 이가 더워서 못산다, 심심하고 외로워서 못산다, 교육환경이 나빠 못산다, 경기 없어 못산다, 사람 살 곳 못 된다는 등등의 이유로 대국으로 대도시로 떠나버린 촌스러운 이곳에서, 내 인생의 절반 이상 나름대로 적응해 자리 잡고 만족하며 살아왔는데 이제 가족이 떠나기 시작하니 우울하기만 할 뿐입니다.

이런 생각을 하다 보면 영화 속의 한 인물을 생각하곤 합니다. 그 인물은 다름 아닌 영화 〈빠삐용〉에서 더스틴 호프만이 열연한 '드가'라는 인물입니다. 최악의 환경에서도 언제나 자유를 갈망하며 끝내는 자유를 쟁취한 빠삐용에 비해 언제나 수동적이고 연약해 보인 '드가'이지요. 고생스럽게 쟁취한 자유보다는 그저 유배의 땅인 대서양의 고도의 섬에서 안주를 택한 그입니다. 그는 그곳에서 자신이 원하는 삶의 방식을 나름대로 현실에 옮겨 놓았습니다. 나름대로 인간의 고귀함을 감옥살이 오두막에서 즐겼는지 모르지요. 돼지를 키우고 채소를 가꾸며 나름대로 삶의 고상함을 추구했는지도 모르지요.

뭇사람이 빠삐용의 자유를 향한 포기하지 않는 용기를 찬양할 때 비겁함과 소심함으로 가려진 그이지만 나름대로 자신의 삶에 온 힘을 기울인 드가였다 생각합니다. 하지만 뭇사람은 자신의 운명에 안주한 우리와 같이 평범한 인간 '드가'라고 설명할 뿐이지요.

지금 〈빠삐용〉의 '드가'라는 친구가 나와 겹쳐지는 것은 감정의 과잉 탓이라 생각하지만 화려한 과거를 뒤로한 채 최악의 환경에서 나름대로 적응하며 온 힘을 기울이는 그의 삶에 동병상련의 연민을 느끼고 있는지 모릅니다. 하지만 이 파라과이에서는 현실의 불만으로 도피하려는 빠삐용보다 현실에 적응하고 자신을 맞추며 최악의 환경을 최선의 현실로 변화시키는 드가라는 인물이 더 필요하지 않을까 합니다.

그가 구부정한 모습과 어정쩡한 걸음걸이로 돼지와 닭을 쫓는 마지막 장면이 눈에 선합니다. 오늘은 밤에 〈빠삐용〉을 다시 보아야겠습니다.

나는 파라과이가 좋다!

언제나 무시당하고 잊혀졌던 혼혈인 하인스 워드라는 청년이 슈퍼
볼의 영웅이 되며 대한민국은 한민족의 자긍심을 되찾은 분위기입니
다. 다행입니다. 이제나마 부끄럽게 생각했던 우리 일부분을 우리라
고 자신 있게 얘기할 수 있으니 말입니다.

하지만, 그 열광과 찬사를 보면 자본주의 사회의 적나라하고 원초
적인 면을 보는 것 같아 씁쓸하기조차 합니다. 언제나 강대국, 선진국
그리고 강자 지향의 기준으로 마치 과거의 사대주의마냥 대국 지향
적·선진국 지향적 사고방식으로만 생각하는 것 같아 씁쓸합니다. 그
리고 언젠가는 그 열광도 잊혀 기억도 안 날 것을 생각해보니, 달면 삼
키고 쓰면 뱉는 간사한 소인배 무리를 보는 것 같아 또 씁쓸합니다.

지금도 어디선가 잊히고 소외당해 존재조차 잊힌 많은 사람이 있다
는 것과 일부러 그들을 외면하고 우리의 잘난 모습에 흠집이 갈까 두

려워하는 것 같은 모습에 그들의 존재가 서럽게 와닿는 것 같아 또 씁쓸합니다.

비록 계란으로 바위 치기와 같은 무모하고 부질없는 짓이지만 제가 사는 파라과이의 모습이 너무 왜곡되는 것 같아 나름대로 필 벗님들의 도움을 요청하며 글을 올려보았습니다. 혹시나 1면 기사로 이슈가 되면 우리 파라과이 교민 사회 이미지가 좀 덜 나빠지지 않을까, 그리고 나아가서 제대로 된 선진국형 교민정책이 나오는 계기가 되지 않을까 하는 순진한 생각 때문이었습니다.

지나간 이민 초창기를 돌아보고 한국인이 당한 설움과 고생을 생각해보면 지금은 진짜 세상 많이 좋아졌다 해야겠고 희망도 있다고 생각합니다. 인터넷 혁명이라는 것이 이제 개인의 영역까지 변화를 주는 것 같습니다. 그리고 어제의 글을 교포신문에다가도 투고했습니다.

저의 의도는 이런 일이 터지면 무턱 대고 나라 탓하고 공관 탓하여 본업에 충실하여야 할 외교관을 궁지로 모는 것이 아니라 이런 후진국에서 공무원 생활도 쉽지 않을 터이니 쓸데없는 인의 장벽으로 눈 가리고 입 막아 업무방해하지 말고 또한 소모적인 시빗거리로 외교의 본업을 방해하지 말았으면 좋겠다는 뜻으로, 나아가서 우리 교민과 한국인의 사고와 행동이 먼저 바뀌어야 한다는 말입니다.

우습게도 이 나라는 지문 채취도 할 줄 모릅니다. 아니 안 합니다. 일방적인 탐문 수사와 그럴 것이라는 가정으로 의외의 피해자가 나오기도 합니다. 세상에 선입견처럼 사람을 바보로 만드는 것은 없습니다. 만약 그 선입견으로 이 나라 사람들이 유독 심하고 편중되게 한국인을 대한다면 우리가 피땀으로 쌓아온 40년 이민의 결실이 얼마나 허무합니까?

나의 이웃 현지인 친구들은 경찰, 정치인, 변호사 같은 사람과의 관계는 항상 적정선을 유지하라고 충고합니다. 너무 친해도 위험하고 너무 멀리해도 안 된다는 뜻입니다. 즉, 남미 생활에 맞는 하나의 생활지혜입니다. 저 같은 경우도 남의 나라에 산다는 강박관념에 평상시 고문 변호사나 공인회계사, 관세사나 이웃과의 좋은 관계를 일정선 유지합니다.

우습게도 우리의 사고방식은 너무 폐쇄적인 우물 안 사고방식으로 우리끼리 같은 동포끼리 알아주고 인정받는 것이 최고인 줄 압니다. 오히려 원주민 사회에서 인정받으면 원주민 다 됐다고 비아냥대기도 합니다.

현재 사는 나라, 생활 터전이 있는 나라의 사고와 생활방식을 이해하고 적응하기보다는 후진국이라 멸시하며 언제나 선진국 기준으로 평가하려고 하는 자체가 모순입니다. 그것이 바로 모든 위험의 근원입니다.

우리가 언제부터 선진국 사고를 가지고 타민족 무시하고 살았습니까? 바뀌어야 합니다. 나라의 생각과 국민의 생각 모두 바뀌어야 합니다. 그래야, 우리가 앞으로 나가고 선진 대열에 나갈 수 있다 생각합니다. 근본적인 문제가 안 바뀌면 이런 사고는 세계 어느 곳이든 한국인이 있는 곳에는 항상 존재할 것입니다.

저는 이곳에 산 지 30년이 되어서 그런지 이 나라 사람이 좋습니다.

한국적 사고방식으로는 분명히 이곳 원주민이나 남미인들은 무식해 보입니다. 그리고 단순하지만 순진하다는 이야기도 됩니다. 사귀어 보면 다 착합니다. 약간의 거짓말과 도벽이 있는 일도 있지만, 이 나라 역사적 특성상 독재와 착취와 무지 때문으로 이해하면 욕할 것도 없고 오히려 동정이 갑니다. 그런 것을 보면 선진국은 선진국대로 남미에서는 남미의 특성대로 후진국은 후진국대로 다 나라와 민족과 지역의 특성에 맞게 해야 하는 선진국형 외교가 있을 것 같습니다.

저는 대한민국의 국민이 어디를 가든 조국의 보호를 받고 타국의 인정을 받고 타민족과 화합하며 사는 날이 꼭 오리라 기대합니다.

남미에서는 텃세도 재산이다

언젠가 아르헨티나 외무부 장관이 유럽 방문 중, 아르헨티나는 유럽 일부라는 발언을 하여 남미 주변 국가들의 비난을 받은 적이 있습니다. 그만큼 아르헨티나는 자부심이 센 나라라는 반증이기도 하지만 남미의 주변 국가와는 동떨어진 사고방식의 나라라는 의미도 있을 것입니다.

아르헨티나의 수도 부에노스아이레스는 바다와 같이 넓은 라플라타강에 인접하여 고급 식당이 줄 서 있고, 중심가에 아름드리 대리석 기둥의 지은 지 백 년쯤 되었을 거대한 빌딩숲이 자리하고 있습니다. 넓고 길게 뻗은 화려한 길, 곳곳에 발견되는 거대한 조각상과 공원, 깨끗한 정장 스타일로 거리를 활보하는 사람들 등, 남미 다른 나라와는 색다른 느낌이 듭니다. 10대 선진국이었다는 과거의 영광과 명성이 이름뿐만은 아니었고 유럽 문화의 연장선이라는 말이 이해가 되는 듯

합니다.

하지만 보수를 하지 않아 낡은 오래된 빌딩과 지저분한 거리, 오래된 자동차, 화려한 외관에 비하여 정돈이 안 된 도시 곳곳이 눈에 자주 띕니다. 맥 빠진 느낌의 거리 분위기는 전통과 과거의 영광에 연연하고 집착하는 도시로 보이는 것이, 유럽의 연장선이라는 표현보다는 유럽 문화가 낳은 사생아일 수도 있다는 생각이 듭니다.

여러 나라 사람들을 접할 수 있는 국경 장사를 하면서 비교해보는 국민성 가운데 물건 하나 제대로 사지 못하고 인종 우월적이고 이기적이며 깐깐하고 따지기 좋아하고 사람을 피곤하게 하여 결국 피하게 되는 국민이 아르헨티나 사람들입니다. 그렇지만 사귀거나 대화를 나누나 보면 해박하고 낙천적이고 정열적인 이상주의자인 멋진 국민이기도 합니다.

아르헨티나 사람들은 브라질인을 더러운 피라고 불렀다고 합니다. 아르헨티나도 브라질처럼 과거에 노예로 끌려와 정착한 흑인이 많았으나 독립전쟁 당시 총알받이로 그들을 앞세워 전멸시켰다는 설이 유력하지요. 그 때문인지 두 나라의 보이지 않는 반목은 축구시합 이상으로 뿌리가 깊습니다. 그래도 그 두 나라는 서로 전쟁은 하지 않습니다.

오히려 두 나라와 우루과이가 힘을 합쳐 파라과이를 침범하여 파라과이는 백 오십만의 인구에서 이십만 명이 줄어들고 칠십만 명의 남자는 이만 오천으로 줄어드는 인종청소를 당했습니다. 그 남은 인구로 파라과이 여성들은 두 세대 만에 다시 나라를 일으켜 세워 아르헨티나

출신인 프란치스코 교황으로부터 파라과쟈(파라과이 여성)는 노벨평화상을 받을 가치가 있는 아메리카의 영광이라 칭송받았습니다.

브라질의 혼혈 역사는 뿌리가 깊습니다. 처음에는 인디오와 백인이 섞이고 후에는 아프리카 노예가 들어와 인디오와 백인과 흑인의 피가 섞였습니다. 나중에는 유럽인과 유대인, 아랍인과 일본인이 이민 와 각자의 문화와 경제권을 만들고 섞여 특유의 브라질 문화를 만들어서인지 그들은 인종과 문화와 새로운 것에 관대할 뿐 아니라 열광하기도 합니다.

새로운 것에 열광하는 브라질은 우리 한국인에게는 기회의 나라입니다. 남이 지어 놓은 밥그릇을 넘보는 안일함이 아니라 한국적인 새로운 삶의 터전과 성공을 만들 기회의 나라라고 생각합니다. 그렇기에 남미의 한국인에게는 한국적인 것이 가장 세계적이라 생각합니다. 그런 생각으로 우리의 문화와 삶의 터전을 만들어 공존공영의 새롭고 거시적인 안목으로 거시적인 밥그릇(경제권)을 창조해 가야 하지 않을까 합니다.

만약 보수적인 한국인 이민자들이 외관상 인종차별이 없는 브라질이나 남미에서 생활이나 사업을 하다가 차별이나 어려움을 겪는다면 그것은 인종차별이 아니라 텃세라고 생각을 하면 될 것입니다. 어찌 보면 우리가 그들의 문화와 역사를 이해하지 못하는 데서 오는 갈등이고, 그들의 선조가 자신의 고향을 떠나 이 나라에 적응해가며 만들고 지켜온 것을 지키려는 보호본능이 결국 텃세로 나타나는 것이겠지요.

마치 흑인 노예의 후손들이 아름다운 브라질 해변에 '파벨라'라는 판자촌을 지어 그곳에 자리를 잡고 공권력마저 맥을 못 추게 하는 그들의 왕국을 만든 것이나 유대인들이 수천 년의 핍박 속에 나름대로 자신을 지켜줄 지혜와 부를 쌓아 세상을 지배하는 힘을 가진 것처럼, 텃세도 가치를 따질 수 없는 무형의 재산이 아닐까 생각합니다.

언젠가 만난 브라질 관광가이드가 외국인 관광객을 인솔하여 아르헨티나 국경을 드나들 때 매번 문제를 복잡하고 어렵게 만드는 아르헨티나 세관원들에게서 들었다며 나에게 전해준 이 말이 의미심장하게 들립니다.

"PARA QUE FACILITA, SI PODEMOS COMPLICAR!"
"뭣 하러 쉽게 해주나? 어렵게 만들 수 있는데!"

그래! 나 한국인이다!

이민 나온 지 20여 년 만에 꿈에 그리던 고국 방문이 처음 이루어졌을 때, 한국에는 한국 사람이 당연히 많다는 사실은 마치 미국에는 거지도 영어를 잘하는 것처럼 자연스러운 일임에도 무척 신기하게 느껴졌습니다.

그리고 느끼는 어떤 기쁨, 즉 동류 속에 섞이고 안주하며 동화 속 미운 오리 새끼가 백조가 되어 느꼈을 만한 그 희열과 안도감이 있었습니다. 그러나 며칠 돌아다녀 보니 이민 생활이 오래된 나 자신이 이방인처럼 느껴지기 시작하는 겁니다. 한국인도 외국인도 아닌 정체성의 문제와 너무 변해버린 고국의 산천과 사람들로 지독한 외로움을 느꼈습니다.

인생은 고독하고 혼자 가야 하는 외로운 여정일 뿐이며 아무도 자신을 이해해 줄 수 없고 그 누구도 자신을 대신할 수 없다는 것을 뼈저리게 느끼며, 나는 누구인가를 되뇌어 보았습니다. 어쩔 수 없이 이방인이 되어 있는 자신을 발견하고 집으로 돌아가고 싶었습니다. 집이 있는 파라과이로, 내 집은 파라과이였습니다.

이런 정체성 문제는 결혼하고 아이들이 생기고 커가면서, 또 나 자신이 나이를 먹어가면서 그리고 생활이 바빠지기 시작하고 경제적 여유가 생기면서, 내 자신에게는 어느 정도 사라진 느낌입니다. 한편으로는 이곳에서 태어난 나의 어린 두 아들이 어느 시기에 나와 같은 혼란과 방황을 겪을 것 같아 걱정됩니다. 다만, 두 아이가 자신의 힘으로 용감하고 지혜롭고 사내답게 그 모순을 헤치고 이겨나가길 바랄 뿐입니다.

내 나라를 떠나 사는 이민생활은 알 수 없는 외로움과 허전함과 불안감이 있습니다. 가끔 이런 생각이 문득 들 때가 있습니다.

'나는 왜 내가 태어난 곳에서 가장 먼 이곳에 어린 나이에 부모를 쫓아 이민 나와 지금까지 있는 것일까? 내가 이민을 나왔기에 겪었을 차별과 서러움과 외로움 그리고 삶의 고통은 나에게 운명이었을까? 만약 이민을 안 떠났다면 나는 지금 어떤 모습일까? 혹시 이런 후진국 남미의 파라과이가 아닌 선진국으로 재이민을 하였더라면 지금 어떻게 생활하고 무엇을 하며 살아가고 있을까? 진정 이곳이 내가 있을 자리인가? 그리고 내가 서 있는 이곳이 원래 내 자리가 아닌 듯한 느낌이 드는데 나는 왜 여기에 있을까?' 하는 쓸데없고 부질없는 생각 말입니다.

이 생각을 하면 나는 불교에서 얘기하는 하나의 화두가 생각납니다.

산은 산이요 물은 물이다(山是山, 水是水).

산은 산이 아니고 물은 물이 아니다(山不是山, 水不是水).

산은 다만 산이고 물은 다만 물이다(山只是山, 水只是水).

남의 나라에서 셋방살이하며 느끼는 현지인의 텃세와 편견, 교만과 탐욕으로 때로는 말할 수 없는 열등감과 서러움을 느낍니다. 그 텃세에 이 눈치 저 눈치 보며 살면서도 해가 갈수록 조국에 대한 그리움과 안녕, 걱정이 더해갑니다. 한편으로 인간의 무지함과 편견이 왜 인간을 서럽게 만들고 나쁘게 만드는지 이해하게 됩니다. 더 나아가 한 개인과 가정의 행복과 인권이 얼마나 소중한지 깨우치는 계기가 되기도 합니다.

외국 생활을 오래하면 할수록, 나이가 먹으면 먹을수록 외로움도 비례해 갑니다. 그리고 자신의 정체성은 더욱더 확고해지면서 나이가 들수록 한국에 사는 한국인보다 오히려 더 민족주의자가 되고 애국자가 되어 가기도 합니다. 이민자는 이민지에서 반목하며 외톨이로 사는 것이 아니라 상대를 이해하고 존중하고 공생하며 공존하는 법과 체념하는 법도 배우며 삽니다.

내가 사는 곳은 여러 민족이 모여 삽니다. 한국, 중국, 일본 등 아시아인과 아랍인을 비롯해서 브라질, 아르헨티나, 칠레 이민자 등과 이탈리아, 스페인, 독일 등 유럽인 2세로 수많은 민족이 모여 파라과이 동방의 도시를 이루고 삽니다.

피부색의 차이와 체격과 빈부의 차이가 있지만, 잘나고 못난 이해관계보다는 서로 필요로 한다는 의미가 숨어 있다고 생각합니다. 각 민족은 나름대로 자신의 개성과 특성을 유지하며 절대 동화되지 않아도 서로 방해하지 않고 존중하고 이해하며 더불어 살고 있습니다. 그리고 민족과 언어를 초월하여 깊은 교감을 나누다 보면, 인간은 모두 심성이 순수하고 착하다는 것을 느낄 것입니다. 그렇지만 서로가 서로의 구분 없이 사생활을 섞어가며 생활한다고 하면 오히려 실망과 싸움과 반목으로 인한 갈등이 있을 것은 분명합니다.

떨어지는 눈발도 저마다 앉을 곳이 있다는 말이 있습니다. 나에게 있어 내가 앉아 쉬고 평화를 누릴 곳은 어디이겠습니까? 그곳은 장소가 아닙니다. 이 세상 어느 곳에 살든 내가 태어난 곳의 동양적인 사고방식과 한국적인 생활방식 안에서 아닐까요? 나의 뿌리를 잊을 수 없고 속일 수가 없고 그리고 나의 정체성을 이해하고 안다는 것 그리고 그곳이 진정 내가 쉬고 앉을 곳임을 해가 갈수록 느껴간다는 것을 누군가 진정으로 공감하고 이해해 주었으면 하는 바람입니다.

남미에서 서울 가기

말보로 담뱃갑에는 라틴어의 이런 문구가 조그맣게 적혀 있습니다.

"Veni Vidi Vici!"

카이사르가 말했다는 "왔노라 보았노라 이겼노라!"라는 유명한 문구이지만 여행을 다녀와 느낀 나의 소감은 '승리하였노라'라는 자신감이 아니라 그저 '느꼈노라'라는 싱거운 말뿐인 것 같습니다.

이곳 파라과이의 시우다드델에스테에서 상파울루를 거쳐 LA에 도착해 5일간 체류를 하고, 그 후 서울로 날아가 서울에서 5일 체류 후다시 LA로 오는 고단한 일정이었습니다. 그리고 LA에서 다시 라스베이거스로 전시회에 가 이틀 후 LA에서 파라과이로 왔습니다. 비행기를 탄 시간은 왕복 약 60시간 정도에다 대기하는 시간, 연착하는 시간 등을 계산하면 집을 떠난 시간부터 창살 없는 감옥과 같은 비행장에 갇히기 시작하여 목적지인 한국에 도착하기까지는 약 40시간 이상 걸립니다. 그러고 보면 내가 사는 곳은 지리학상으로 꽤 먼 오지에 속한다는 것이 분명합니다.

그리고 비행기 여행은 지겹다는 것이 나의 소견입니다. 담배도 못 피우고 편안한 의자 하나 없는 격리된 비행장이 지겹습니다. 만약 비행기라도 연착이 되면 그 지겨움은 분노로 변하게 되고, 넓고 안락한 비즈니스 칸의 승객이 격 다른 서비스를 받는 것을 부러워하며 비좁은 이코노미 칸에 탑승해 돈과 출세의 필요성을 느끼기도 합니다. 입국 심사를 위하여 늘어선 긴 줄을 서는 것도 지겹고, 죄도 없으면서 주눅이 드는 입국 심사대도 더러운 기분에 일조를 더합니다. 그리고 비행장을 나와서는 원수라도 만난 것처럼 무슨 담배를 그리 연거푸 피워대는지⋯⋯. 나는 인내를 더 배워야 할 것만 같습니다.

해마다 한두 번씩 다니는 비즈니스 여행이라 어느 정도 이력이 생길 때도 됐건만, 오히려 첫 여행의 흥분은 사라지고 이제는 떠날 때마다 긴장감을 느낍니다. 그리고 나의 몸이 예전처럼 여독이 빨리 풀리지 않음을 느낍니다. 짧은 시간에 이리저리 돌아다닌다는 것이 때로는 객사의 원인이 될 수 있겠다는 소심하고 한심스러운 걱정과 내가 나이 먹어 간다는 것을 말입니다.

여행 중 평소에 먹어 보기 어려운 진기하고 귀한 음식도 집에서 아내가 해주는 밥보다 못하다는 것을 느꼈습니다. 집에서 편안하게 러닝셔츠와 반바지 차림으로 돼지 삼겹살과 상추에 고추장 된장 찍어 먹는 것이 오히려 행복이라는 것을 여행은 알게 해줍니다.

이민 생활이 오래되어서 그런지 마땅히 찾아갈 만한 친척이나 친구가 없음이 아쉬움으로 남습니다. 찾아갈 곳도 머무를 곳도 마땅치 않은 화려한 도시의 밤을 보며 흥분을 느끼기보다는 오히려 외로움과 촌스러운 분위기의 내가 사는 동네와 내 집에 대한 그리움이 더해질 뿐입니다. 나는 이제 가정이라는 것에 길들고 새로운 것에 흥미를 잃은 소심한 중년의 남자인지도 모릅니다. 썰렁한 호텔방에 들어와 잠을 청하려고 의사가 처방해준 신경안정제를 먹으면 시차로 고생하는 내게 상당히 도움이 됩니다.

서울 근교에서 새벽잠을 견디기 어려워 대중목욕탕을 찾아가는 새벽이었습니다. 대낮처럼 밝은 유흥가에서 술을 마시는 젊은이들을 보며 나의 젊은 초상을 보는 듯합니다. 변두리와 중심가의 구분이 되지 않는 서울의 모습과 밤낮이 바뀐 도시의 이면 그리고 먹고살려고 밤낮으로 억척스레 일하는 사람들의 모습에 다이내믹 코리아의 실상을 느껴보았습니다.

일 년 만에 때로는 그 이상의 세월 만에 만나는 거래처 사람들과 한국서 만난 친구들에게서 안도감과 편안함 그리고 반가움을 느꼈습니다. LA에서는 첫 거래에 저녁을 사며 이민 초창기 시절의 고생한 이야기를 하는 거래처 사장님과 내 모습에서 한국인들의 끈끈한 정도 느꼈습니다.

언젠가 이곳에 들른 적이 있는 중국인 거래처와 십 년 만의 만남에도 말은 통하지 않지만 얼싸안으며 동양인으로서의 동질감도 느껴보았습니다. 가족끼리 사업으로 똘똘 뭉쳐 훨씬 커진 규모의 사업과 부동산으로 몇 년 동안 수백만 달러를 벌었다는 이야기에 국민성의 차이를 보았습니다.

LA에서 조그마한 식당의 권리금이 백만 달러가 된다는 이야기에 몇 년 전에는 그 돈이면 건물을 사고 얼마 정도는 남을 것 같았는데, 그렇게 가치가 변할 수 있는 것인지 의아함과 허무한 마음이 들었습니다. 그리고 사업 이외의 투자로 자산을 수배로 불렸다는 소리는 흔하게 듣습니다. 후진국에 산다는 소외감과 하루가 다르게 변하는 넓은 세상에 대하여 자괴감도 듭니다.

늦은 밤, LA 호텔 앞의 주유소에 물을 사러 가면서 눈물을 흘리는 멕시칸을 보았습니다. 그의 슬픔을 이해할 수 있을 것 같은 느낌이 드는 것이 그도 조용필 노래처럼 희망과 꿈을 찾아 이곳에 오지는 않았을까 생각해 보았습니다.

물건 구매차, 잡화 쇼를 참관하러 다섯 번째 가는 라스베이거스는 마치 짙은 화장을 한 밤거리 화류계 여자 같은 거리인지라 가면 갈수록 싫어집니다. 끝없는 욕망의 표현이 최대의 관심사인 그곳에서는 돈이 없으면 그 어떤 존재든 그저 모래알에 불과할 것입니다.

우연히 그곳에서 만난 한국 거래처 담당이 술로 우정을 다지고 막장까지 가는 비즈니스를 하려는 모습에서 이민자와 비이민자의 사업과 돈과 우정에 대한 개념과 사고방식의 차이를 느낄 수 있었습니다. 그다음 날 피곤한 몸으로 제대로 일어는 났는지, 실수는 안 했는지 옥에 티만 남긴 것 같습니다. 저녁 먹고 이상한 냄새가 나는 호텔방에 들어와 힘든 몸을 침대에 누이니 얼마나 집에 가고 싶은지 말로는 다 표현할 수가 없었습니다.

집에 오는 비행기에서 내 옆에 젊은 일본 청년이 앉았습니다. 그 청년은 일본에서 대학을 나온 엔지니어로 미국으로 유학을 가서 졸업할 때 유창하게 7개 국어를 할 수 있었다고 합니다. 졸업 후 도요타 회사의 중역으로 15,000달러의 월급에 집과 자동차와 운전사가 제공되고, 또 보여주는 여권에 찍힌 수십 개의 도장에 그가 얼마나 바쁜 사람인지 알 수 있었습니다. 잦은 여행 때문에 위궤양에 걸린 이야기며, 장가도 못 간 이야기를 들으며 안쓰러운 생각이 들었습니다. 브라질 공장에서 회의 후 독일로 엔진을 사러 떠난다며 자기 회사의 나이 먹은 중역들이 여행을 싫어해 젊은 자기가 다닐 수밖에 없다는 불평과 브라질 주식이 100% 올랐다는 이야기 등 차원이 다른 이야기를 들으며 우리의 공통점은 단지 비행기 여행이 지겹다는 것이었습니다.

집으로 돌아오니 파라과이의 촌스러운 분위기가 꼭 고향에 온 기분입니다. 비행기에서 내리자마자 작열하는 태양의 뜨거움에 이곳에 처음 오는 여행자의 입에서는 단말마의 신음이 나옵니다. 그것이 '헉!'인지 아니면 'HOT!'인지 구분은 안 되지만 나는 그 더위로 내가 사는 곳에 왔음을 느낄 수 있습니다.

파라과이 국경 다리에서 신분증 제시에 뇌물을 요구하며 관용을 베푸는 척하는 못마땅한 경찰과 이민청 직원에서부터 어느 영화의 한 장면 같은 지저분한 거리, 질서 없이 한데 섞여 다니는 사람들과 개와 자동차와 지게꾼들…….

인도며 차도며 장소를 넓혀가는 노점상들과 물건 사라 떼를 쓰며 달려드는 행상까지 평상시 후진국의 무식한 현상이라며 욕 나오는 무질서에서 오히려 편안함을 느낍니다. 나는 무질서 속에서 사람 사는 맛을 느낄 수 있으니 역시 세계 속의 한국인임에도 후진국에 적응을 잘하는 체질인 모양입니다.

집에 돌아오니 맑은 공기와 푸른 잔디 야자수가 반갑습니다. 두 마리의 강아지가 반기고, 여행에서 돌아온 아버지도 반갑지만, 선물을 더 기다린 듯한 두 아들이 안 본 지 몇 주 만에 어른스러워진 것 같습니다. 그리고 수줍은 듯 다소곳이 그 장면을 지켜보는 아내의 모습에서 아늑함과 따스함 그리고 새로운 열정을 느낍니다. 여행자의 길과 집안을 지켜 주신 신에 대한 감사함도 잊지 않았습니다.

지겨운 여행이지만 돌아와 보면 언제나 아쉬운 여행입니다. 그리고 여행에서 언제나 가족의 소중함을 느낍니다. 다람쥐 쳇바퀴 돌 듯 평범한 일상의 단순함에 귀중함을 느낍니다. 여행 후에는 언제나 삶의 의욕을 재충전하지요. 그리고 어느 정도 시간이 흐르면 나는 가방을 챙겨 떠나고 싶은 충동을 또 느낄 것입니다.

덧붙임:

이 글은 2004년 8월 26일 여행 후기입니다. 지난 글이지만 다시 읽어보니 감회가 새롭습니다. 요즘 정보화시대라 예전처럼 여행의 필요성을 못 느낍니다. 웬만한 연락은 저렴해진 국제전화와 인터넷으로 정보를 주고받으며 일을 처리하니 구태여 힘든 여행이 필요하지 않기 때문입니다. 똑같은 여행이라지만 사업상 떠나는 여행과 관광 목적으로 떠나는 여행은 분위기 자체가 다릅니다. 가벼운 마음으로 시간과 약속에 구애를 받지 않는 순수한 의미의 여행에 비해, 정해진 시간에 빠듯한 일정을 소화시켜야 하는 사업상의 여행은 심한 스트레스로 전쟁터에 나가는 마음과 비슷할 겁니다.

한동안 남미의 상파울루에 대한항공이 들어온 적이 있습니다. 대한항공은 일주일에 두 번씩 수많은 남미교민을 LA와 서울로 실어 나르며 남미 교포들의 편의를 제공했었는데 수지타산이 안 맞는지 슬며시 모습을 감추었습니다. 거기다 9·11 사태 이후, 미국을 경유하는 데 비자 없이는 불가능해지자 대부분 교민은 중동, 유럽, 때로는 남아프리카를 거쳐 돌고 돌아 한국에 가야 하니 그 불편함이란 이루 말할 수가 없습니다. 그런 사태를 지켜보며 남미에 사는 대한민국의 교포로서 해가 갈수록 인적, 물적 교류가 늘어나 가까워지고 기회와 공영의 대륙으로 변해야 할 남미 대륙이 오히려 시대에 역행하여 변방의 오지로 변해가는 것이 안타깝기만 합니다.

하지만 세상이 변해가듯, 언젠가는 서울과 남미대륙을 이어줄 꿈같은 직항로가 개설되어 남미의 이민자와 한국 여행자도 가벼운 마음으로 여행을 다닐 시기가 곧 오리라 희망해 봅니다.

소박한 꿈

　뿌리 없는 이민생활이라 그런지, 고향이나 친척이라는 개념이 별로 없습니다. 명절이나 특별한 날이 되어 시골 고향집을 찾아간다는 원주민 종업원이나, 아니면 나이 먹으면 돌아갈 고향이 있다는 주위 사람들이 제 눈에는 참 부럽게 보이기만 합니다. 그러고 보면, 파라과이나 한국이나 고향 시골의 분위기나 정서가 동서양이 서로 다르지 않다는 것을 느끼고는 합니다.

　옛날 전통 농경사회에서는 자신이 태어난 마을에서 살다가 나이 먹어 죽는 사람이 대부분이었다고 합니다. 그래서 고향이 아닌 타지에서 객사하는 것을 가장 큰 불행으로 여겼고 여기저기 돌아다니는 것을 역마살이 끼었다고 했답니다. 대부분의 동리 사람은 모두가 친척이거나 오랫동안 알고 지내온 이웃이라, 법이 그다지 필요하지 않았다고 합니다. 사람들 사이의 문제는 조상 대대의 방식대로 도리에 맞게 해결하고 특별한 사건이 없는 한 봄에는 씨 뿌리고 여름에는 김매고 가을에는 추수하는 방식으로 자연의 순리대로 살았으니 욕심 없는 삶이었을 것입니다.

그런 삶이 바로 노자(老子)가 말한 무위자연(無爲自然)적인 삶이라는군요. 노자가 살았던 시대는 혼란한 시대라 평온한 마을을 가만 놔두지 않았다고 합니다. 다른 나라와 싸우려면 군사와 물자가 필요하니 시골 마을의 젊은이를 잡아가고 세금을 거두기 시작했고, 보호라는 명분으로 농민들에게 폭력을 휘두르기 시작했습니다. 거기다 군사요지라는 이유로 개인의 땅을 빼앗고 억지로 사람들을 끌어다 요새를 만들었습니다. 행복한 삶의 터전을 빼앗기고 척박한 땅에서 기구한 삶을 살아야 했던 많은 이를 보고 겪으며 노자는 소국과민(小國寡民)이라는 이상향을 꿈꾸었다 합니다.

나라도 좁고 백성도 적어야 한다. 어떤 충돌이나 분쟁도 없어 병기를 쓸 데가 없어야 한다. 백성으로 하여금 죽음을 소중히 여기고 멀리 내보내지 않아야 한다. 비록 배와 수레가 있어도 타고 갈 곳이 없고, 갑옷과 무기가 있어도 진 칠 곳이 없어야 한다. 백성이 먼 옛날처럼 줄에 매듭을 지어 기록하고 먹는 것이 달고 입는 것도 아름답게 여겨져야 한다. 거처하는 곳도 편안하고 풍속도 검소하고 즐겁게 여기게 해야 한다. 이웃나라와는 서로 마주 보고 개와 닭 소리가 서로 들리며 백성은 늙어 죽을 때까지 특별한 일이 없어 왕래하지 않아야 한다. —『노자』 제80장

영국의 식민지였던 인도에서 식민지정부에 의해 철도건설이 이루어져 영국에서는 철도는 영국이 인도에 선물한 '문명의 위대한 선물'이라고 자화자찬했을 때, 마하트마 간디는 철도가 영국이 인도를 지배하는 데 중요한 필요사항이고 많은 사람의 이동 때문에 역병유행, 곡물의 상품화로 인한 기아 확대 등이 초래된다고 하면서 영국화의 도구인 철도를 모두 버리라고 주장했었답니다. 그 후 간디는 '푸르나 스와라지'라고 불리는 완전 독립을 주장하며 인도의 민중들에게 자기 몸집에 맞는 생활로 돌아가라고 요구합니다. 그리고 간디가 중시한 것이 '차카르'라는 실을 잣고 베를 짜는 전통적인 물레였습니다. 그런 것을 보면 마하트마 간디도 소박한 노자의 꿈을 같이 꾸었는지도 모릅니다.

'주의 기도'를 보면 예수도 그런 이상향을 꿈꾸지 않았었나 합니다. 내일도 모레도 다가올 앞날을 위하여 양식을 비축하지 말고 그저 오늘 우리에게 필요한 양식만을 원하고, 우리에게 잘못한 이들을 세상의 법을 통해 심판하고 용서하는 것이 아니라 그저 나의 양심과 인정에 의해 무조건 용서하고, 세상의 많은 유혹을 적당히 느끼고 맛보는 것이 아니라, 애당초 우리를 유혹에 빠지지 말게 하고 그 유혹을 악으로 극단적인 규정을 합니다. 그런 것을 보면 예수도 노자와 비슷한 이상향과 무위자연을 꿈꾼 것은 아닌가 생각도 듭니다.

이라크 전쟁이 발발했을 당시, 전쟁의 참상을 보도하던 브라질의 여러 방송사에서 전쟁이 없는 평화로운 세상을 꿈꾸며 들려주던 노래가 있습니다. 그 노래는 다름이 아닌 존 레넌의 〈이매진〉입니다.

상상해 보세요, 천국이 없다고

그건 당신이 하려고만 한다면 쉬운 일이죠.

그러면 발아래 저 밑에는 지옥도 없겠죠.

머리 위에는 오직 하늘만이 있을 뿐

상상해 보세요, 모든 사람이

현세를 위해 살아가는 모습을

상상해 보세요, 국경이 없다고

그건 그다지 어려운 일이 아니죠.

그러면 남을 죽일 일도,

무얼 위해 목숨 바칠 일도 없어지겠죠.

그리고 종교도 없어지겠죠.

상상해 보세요, 모든 사람이

평화롭게 사는 모습을

당신은 나를 몽상가라 부를지도 모르겠어요.

하지만 그게 나 혼자만은 아니에요.

그리고 언젠가 당신도 우리와 함께하길 바라오.

그러면 세상은 하나가 되겠지요.

상상해 보세요, 소유가 없다고

오! 당신이 그럴 수만 있다면!

그러면 탐욕도, 굶주림도 사라지겠죠.

대신 모든 인간은 형제가 되고

상상해 보세요, 모든 사람이

세상을 함께 나누는 모습을

당신은 나를 몽상가라 부를지도 모르겠어요.

하지만 그게 나 혼자만은 아니에요.

그리고 언젠가 당신도 우리와 함께하길 바라오.

그러면 세상은 하나가 되겠지요..

　제 생각에는 세상의 많은 이가 서양과 동양과 과거와 현재를 떠나, 비슷하고 공통된 이상향의 꿈을 꾸었습니다. 하지만 해가 갈수록 인간의 이기심 때문인지 세상은 더욱더 각박해져 가고 인정은 메말라 가고 전통은 사라져 가고 있습니다. 세상의 변화와 개발은 무섭게 우리를 구석으로 몰고 가며 누구에게나 돌아갈 고향이 사라지고 있습니다. 따듯한 의미의 가정마저 어린 자식들의 미래를 위한다는 이유로 이른 나이에 유학을 떠나보내고 나니 더욱더 조용하고 외로워지기만 합니다. 그래서 그런지 고향을 떠나고 이별이 일상화된 남미 이민자의 눈에는 소박한 꿈이 더욱더 아쉽고 그리워지기만 합니다.

이민자와 신토불이

이민 나와 살다 보면 서양인들의 큰 체구나 훤칠한 생김새가 참 부럽습니다. 때로는 그런 외모적 차이는 이민 1.5세나 2세에게 외모 콤플렉스로 작용하기도 합니다. 심한 경우에는 우리의 것이 열등해 보이고 창피해 자신의 정체성을 부정하며 서구식 사고방식이나 문화가 최고라는 생각에 빠지기도 합니다.

초창기 이민자들은 생활이나 문화적 차이에서 오는 스트레스를 많이 받습니다. 그렇다면 그런 스트레스를 무엇으로 풀까요? 대부분 먹는 것으로 해소하고 있습니다. 한국에서 먹기 어려운 갈비와 위스키를 맘껏 먹을 수 있으니 이것도 성공이고 출세라고 말하던 분도 있었습니다.

남미에서 특히 파라과이는 물가가 가장 쌉니다. 남미식 숯불구이인 아사도(갈비)는 먹어본 사람만이 그 맛을 평할 수 있지요. 요즘은 송아지 갈비가 1킬로그램에 3달러 정도이고 위스키 조니워커 블랙이 한 병에 25달러에 불과합니다. 손님이 오거나 모임이 있으면 갈비 30킬로그램 정도를 굽고, 콜라와 같은 탄산음료 그리고 위스키나 값싸고 질 좋은 포도주도 몇 병씩 마십니다. 거기에 달콤한 디저트와 진한 커피, 쿠바산 시가 한 대 피우면 금상첨화로 정말 이민 잘 나왔다는 생각이 절로 듭니다.

한동안 그런 모임을 일주일에 2~3번씩 가지기도 했습니다. 그러다 보니 자연히 과체중이 되고, 건강진단에서 고지혈증과 지방간 경고를 받지만, 그 정도는 한국사람 성인이면 누구나 가질 수 있는 우스운 것쯤으로 여겼지요.

하지만 시간이 흐르고 나이가 먹어갈수록 예전의 그 음식 맛은 느끼지 못한 채, 잘 먹고 늦잠 자고 휴식을 취해도 피로가 가시지 않기 시작했습니다. 잘 먹는 것이 삶의 질이라는 측면에서 참으로 불행한 일이지요. 이민 온 지 26년째인 마흔네 살, 저는 초기 당뇨라는 진단을 받았습니다. 생각해보면 당뇨라는 병으로 인생의 전환점을 맞이했다는 생각이 듭니다. 그것은 나 자신이 비록 물질이 풍부한 서구사회에 살아도 뿌리는 역시 수천 년 농사를 짓고 채식으로 살아온 한국인임을 자각하는 (어찌 보면 개인적으로는) 서러운 깨달음인지도 모릅니다.

그 후로 고기와 술, 담배, 사람마저 끊고 2년간 운동과 조상이 즐겨 먹었을 만한 채식 위주의 식이요법과 소식으로 살을 빼고 피를 맑게 하려고 몸조심을 한 노력 덕분에 지금은 거의 정상으로 돌아가고 있지만, 그래도 절제되고 건강한 생활을 하고 있습니다. 그리고 제가 당뇨라는 병에 걸려봐 그런지 주위에 유난히 당나라 군사라는 당뇨병 환자가 많이 보이는 것은 우리의 식생활 문제가 아닌가 합니다.

서구인들의 긴 식사시간과 절제된 양에 비하면 한국은 군대식 문화인 빨리 많이 먹기와 음식을 남기면 죄악이라는 농경문화 탓 때문인지 이민자는 언제나 폭식과 폭음 그리고 잘못된 식생활에 노출되어 있습니다. 거기다 기름진 음식에 적응되지 못한 유전적 차이가 우리의 건강을 해치고 끝내는 삶의 질을 떨어트리는 요인이 되기도 합니다.

신체적으로 비교해 봐도 수렵문화에 육식을 해서 그런지 서양인들은 덩치가 크고 팔다리가 긴 반면, 우리는 농경문화에 채식 위주의 식단이라 서구인들보다 소화 시간이 길어 그들보다 장도 길고 허리도 길어 근육질에 팔다리가 짧습니다. 치아도 우리는 큼직하고 가지런하다면 그들의 치아는 육안으로 보아도 날카롭게 생겼습니다.

그런 유전적 차이가 있음을 당뇨에 걸려보고 절실히 느낄 수 있었습니다. 마치 채식 동물이 동물성 사료를 섭취하면 병이 생기다고 하듯, 채식 문화에 수천 년을 살아온 대한민국 국민이 유전적으로 당뇨에 더 취약하다는 그 가설이 전혀 낭설이 아니다라는 생각이 듭니다.

당뇨가 발견된 지 한 달 후에 받은 재검사에서 몸무게는 10킬로그램이 빠지고 모든 혈액 수치가 정상으로 돌아왔습니다. 그리고 찾아간 담당의사는 놀란 표정을 지으며 이런 농담을 하더군요.

"너 같은 사람만 있으면 우리는 망한다."

신토불이로 돌아가서야 당뇨가 치료되어 가고 있음을 알았고 대대
로 내려온 피를 거역할 수 없음도 알게 된 시간이었습니다.

남미 이민자와 쩐의 전쟁

한동안 유행했던 드라마 〈쩐의 전쟁〉의 전반부 스토리는 이민 초창기 시절 서러운 우리 집 가족사를 떠올리게 했습니다. 돈과 사채에 대해 안일한 개념으로 집안이 뿔뿔이 흩어져야 했던 슬픈 모습과 빚 독촉 때문에 지옥과 같았던 심적 고통, 그리고 인간에 대한 허무함과 간사함 그리고 실망으로 세상과 돈에 대한 절망과 분노와 혈육의 정까지 끊어야 했던 잔인함까지 마치 저 자신이 과거에 겪고 느꼈던 가슴 아픈 기억과 감추고 싶은 치부를 떠올리게 했습니다.

하지만, 중반부 이야기부터 허황한 것이 만화를 원작으로 한 연속극의 한계를 보여주더군요. 물론 고통의 그 순간에 기적과 같은 빠른 전개와 시청자의 눈길과 관심을 끌어야 하는 상업성을 이해합니다. 하지만, 현실은 허황하고 과장된 만화 같은 이야기보다는 성실, 근면함 그리고 열심히 노력하며 사는 평범한 삶이 그 고통에서 벗어나게 해주는 요소가 아닐까 생각해 봅니다.

저 역시 어려운 시절을 겪고, 스무 살에 어렵게 만든 소자본과 성실함으로 조그만 옷 가게를 운영하며 부자의 꿈을 키웠습니다. 성공한 이들이 본다면 소꿉장난 같은 우스운 수준이었지만 그래도 희망을 품고 물건을 외상으로 사고 진열하며 얼마 안 되는 하루의 매상으로 지출, 지급과 구매를 철저하게 관리했습니다.

그리고 신용과 약속을 철저하게 지키며, 능력과 노력이 조화를 이루도록 연구하고 공부하며 성실하게 하루하루 장부를 정리하는 습관은 지금도 계속되고 있습니다. 지금 생각해보면 행운과 우연보다 경험과 노력이 지금의 나를 만들어준 요소라고 생각합니다.

첫 가게를 열고 사업을 시작한 지 27년째인 지금 3개의 여성용품 전문매장과 몇 개 한국 회사의 판권을 소유하고 수입과 도소매를 하고 있습니다. 매장은 한국 상품 전시장처럼 한국 상품이 주종을 이루고 화장품을 비롯해 액세서리처럼 비싼 소품 등 모든 것이 오픈되어 만져볼 수 있습니다. 물론 그 방식이 매상을 많이 올려주지만, 분실이나 파손의 위험도 적지 않습니다. 하지만, 좀도둑도 손님이라는 생각으로 때로는 보고도 못 본 척 그 방식을 유지하고 있습니다. 거기다 희소성의 원칙을 생각하여 재고의 위험을 무릅쓰고 산 신상품은 우리 매장에서만 팔 수 있고 수입한 물건 중 일정 기간 판매가 저조하면 손님에게 덤으로 주기까지 하니 고객의 숫자와 만족도는 어느 가게보다 높으리라 생각합니다.

이제 돈 없고 서러웠던 시절, 원수 같고 때로는 전지전능한 신처럼 느껴졌던 돈에 대한 개념도 여유롭게 바뀌었다 고백합니다.

돈의 기원이라는 것이 자급자족의 원시시대에 서로 필요한 물건을 나누기에 편리하고 만남을 쉽게 하고자 만들어졌다고 생각합니다. 그러니 돈은 사람과 사람의 만남을 쉽게 하는 촉매제이고 그 만남을 통해 서로에게 이익을 주는 문명의 이기로, 사람이 돈을 쫓아다녀야 하는 것이 아니라 돈이 사람을 쫓아다녀야 한다는 옛 성현들의 말씀이 맞는 것 같습니다.

돈이 없다는 거지라는 개념도 돈이 없어 거지가 아니고 돈이 많아도 받기만 하고 나눌 줄 모르는 것이 거지 근성이고, 베풀지 않고 쓸 줄 모르는 것이 돈의 노예이고 정신적 장애를 가진 거지가 아닐까 합니다.

이제 고리대금업자와 수전노들에게 더는 부러운 눈을 보내거나 도움을 청하지 않고 오히려 경멸의 눈이 아닌 연민의 눈으로 보아줄 수 있는 여유가 생겼습니다. 머나먼 남미 파라과이에서 겪은 '쩐의 전쟁'은 드라마처럼 화려하고 통쾌하지는 않지만 내 자신이 대견하고 웃을 수 있는 인생의 승리입니다. 제가 이민지에서 독학으로 배운 경제라는 것은 학교에서 가르치는 성장과 수치 위주의 경제학이 아닌 북적대는 시장통에서 몸과 마음으로 배우는 인간본위 경제가 아닐까요?

마치 헤르만 헤세의 소설 속 주인공 싯다르타처럼 일찍이 신들과 브라만이 사색의 대상이었던 그에게 이제는 장사를 통하여 모든 사람의 유치한 행위와 그 행위에 쏟는 그들의 정열이 그가 느끼는 흥미의 대상이 되었듯이 말입니다.

불완전과 미완성의 미학

　눈도 코도 멋지게 그리고, 입술도 진짜 입술처럼 그릴 뿐만 아니라 눈썹, 귀, 머리카락 등 하나하나 완벽을 추구하며 그림을 그립니다. 그러나 전체적인 조화와 균형이 이루어지지 않는다면 피카소의 추상화가 될 수도 있겠지만, 십중팔구 졸작일 가능성이 클 것입니다.

　멀리서 바라보거나 비행기를 타고 내려다보면, 열악하고 견디기 어려운 환경도 조물주의 심미안을 느낄 수 있는 감동적이고 아름다운 풍경이 됩니다. 우리는 그런 풍경 속에 있어 봤으면 하는 기대를 하겠지만, 만약 그 꿈이 이루어진다 하더라도 얼마 지나지 않아 불평불만을 늘어놓고 자신이 살던 곳으로 가고 싶어 할 것입니다. 어찌 보면 신의 완전함이란 불완전함 속에 조화와 균형으로 존재하고 있는지도 모른다는 생각을 해봅니다.

　가끔 나 자신이 완벽주의나 결벽증세가 있다는 것을 느낄 때가 있습니다. 인간이란 목적과 목표가 있어야 방향을 잃지 않으며 우왕좌왕하지 않는다고 생각합니다. 목적과 목표 때문은 아닌 것 같은데 나는 요즘 마음이 급해지고 주변 환경이 정리 정돈이 잘 되고 깨끗해야 편안해집니다.

그러다 계획에 차질이 생기고 문제가 발생하면 스트레스를 받고 불평과 불만을 늘어놓습니다. 시간이 지나면 해결되는 문제가 대부분인데 나의 성급함과 결벽증은 필요 이상의 곤란함을 느끼게 합니다.

어찌 보면 부조리해 보이고 불완전해 보이기에 불평과 불만을 일으켰던 그 현상들이 주변을 맴돌며 나를 괴롭히는 것이 아니라, 시간이 지나고 세월이 흐르면 잊히고 무디어지는 문제라는 것을 자각하기도 합니다.

그것은 세월의 흐름이고, 시대의 변화이고 적응이며, 내가 느꼈던 불의와 불평등과 부조리 그리고 내가 토해냈던 수많은 불평과 불만은 나의 이기심과 욕망의 또 다른 이름이었다고 고백합니다. 부정과 부패와 부조리라는 것도 세상을 정화하고 순화시키기 위해 필요한 자연의 섭리이고 순환 과정인지도 모릅니다.

그리고 이것은 하나의 핑계이지만 나의 성격의 한 원인은 내가 한국인이기 때문이라고도 생각합니다. 언제나 남미 현지인으로부터 '빨리빨리'라는 별명으로 불리는 한국인 말입니다. 집을 지어도 일 년이고 이 년이고 회회낙락하며 돈 되고 능력 되는 대로 천천히 벽돌 쌓아 집을 짓는 남미인들에 비해, 단기간에 모든 공사를 완벽하게 끝내고 행복하게 떵떵거리며 보란 듯이 살고 싶어 닦달하는 우리의 조급함과 일이 조금만 잘못되어도 이판사판 사생결단하듯 싸우며 해결하는 못된 습성과 성급한 정서를 가지고 있음을 인정합니다.

우리가 고생하며 욕심 사납게 자식들에게 물려주고 싶어 하는 완벽한 세상이란 어찌 보면 그들에게는 개선의 여지가 없는 무의미한 세상인지도 모릅니다. 세상에는 완전과 완벽은 존재하지 않습니다. 완성된 순간 또 다른 불평이 시작될 수 있으니까요. 완전과 완벽이란 허구이고, 그 허구를 믿고 그것을 추구하며 자신을 성급하고 조급하게 만드는 것 자체가 신의 섭리를 역행하는 어리석은 행위입니다.

산을 오르는 즐거움이 정상에 도달하는 것이 아니라 산을 오르는 과정이라는 말이 있더군요. 어쩌면 인생의 의미도 목적과 목표 달성에 있는 것이 아니라 그것을 추구하는 과정에 있는 것인지도 모르지요.

조각할 때, 코는 조금 큼직하게 하고 눈은 조금 작게 시작하는 이유가 큰 코는 깎아서 작게 할 수 있지만 작은 코는 크게 할 수 없고, 작은 눈은 크게 넓힐 수 있지만 큰 눈은 작게 고칠 수가 없기 때문이라고 합니다.

완성의 가능성이 심적으로 시간적으로 여유 있는 삶이 그립습니다. 불완전과 미완성의 미학으로 기다림에 느긋하고 여유 있으며 낙천적이고 희망이 보이는 조화와 균형을 추구하고 싶습니다.

타향도 정이 들면 고향이란다

나는 여류 시인 노천명 씨의 시를 좋아합니다. 그녀가 친일을 했건 안 했건, 요즘 그녀의 이름을 거론하는 것이 한국인의 정체성에 문제가 되건 안 되건 상관없이 나는 한국인의 정서와 심금을 울리는 그녀의 천재성을 인정합니다. 내가 요즘 그녀의 시 「별을 쳐다보며」라는 시구가 생각남은 무슨 연유인지는 모르나 그 원인에는 내가 사는 동네 분위기도 한몫하고 있지 않을까 합니다.

나무가 항시 하늘로 향하듯이
발은 땅을 딛고도 우리/별을 쳐다보며 걸어갑시다/친구보다/
좀 더 높은 자리에 있어 본댔자/명예가 남보다 뛰어나 본댔자/
또 미운 놈을 혼내 주어 본다는 일/그까짓 것이 다아 무엇입니까?/
술 한 잔만도 못한/대수롭잖은 일들입니다/발은 땅을 딛고도 우리/

별을 쳐다보며 걸어갑시다.

솔직히 이 시를 읽으면 아웅다웅 지지고 볶고 산다는 것이 허무해지기도 합니다. 그렇다고 뻔한 인간사에 너무 큰 기대를 하고 살기에도 부담이 되지는 않을까요? 그래서 나는 이제 조병화 시인의 「공존의 이유」와 미당 서정주 시인의 「연꽃 만나고 가는 바람같이」를 음미해봅니다.

공존의 이유/조병화

깊이 사귀지 마세/작별이 잦은 우리들의 생애/가벼운 정도로 사귀세/악수가 서로 짐이 되면 작별을 하세/어려운 말로 이야기하지 않기로 하세/

너만이라든지/우리들만이라든지/이것은 비밀일세라든지/같은 말들을 하지 않기로 하세/

내가 너를 생각하는 깊이를/보일 수가 없기 때문에/내가 나를 생각하는 깊이를/

보일 수가 없기 때문에/작별이 올 때/후회하지 않을 정도로 사귀세/작별을 하며/

작별을 하며 사세/작별이 오면/잊어버릴 수 있을 정도로/악수를 하세……

연꽃 만나고 가는 바람같이/미당 서정주

섭섭하게 그러나 아주 섭섭지는 말고 좀 섭섭한 듯만 하게

이별이게 그러나 아주 영 이별은 말고 어디 내생에서라도

다시 만나기로 하는 이별이게

연꽃 만나러 가는 바람이 아니라

만나고 가는 바람같이…

엊그제 만나고 가는 바람이 아니라

한두 철 전 만나고 가는 바람같이…

　헤어짐에 연연하지 않는 삶은 무언가 초월한 삶이라는 느낌이 듭니다. 그래서 나는 한때 유치환 씨의 「바위」라는 시를 좋아한 적이 있습니다. 하지만, 나이를 먹어갈수록 그 삶이 얼마나 불가능한 것인지를 깨우치지요. 여기 그의 시를 옮겨봅니다.

　내 죽으면 한 개 바위가 되리라/아예 애련(愛憐)에 물들지 않고/

희노(喜怒)에 움직이지 않고/비와 바람에 깎이는 대로/억년(憶年) 비정의 함묵(緘默)에/

안으로 안으로만 채찍질하여/드디어 생명도 망각하고/흐르는 구름/머언 원뢰(遠雷)/

꿈꾸어도 노래하지 않고/두 쪽으로 깨뜨려져도/소리하지 않는 바위가

되리라.

이런 삶을 추구한다는 것이 얼마나 피곤하고 어려운 삶일까요! 그런 것을 보면 둥글게 두루뭉술하게 사는 것이 또한 정답같이 느껴질 때, 나는 이방원이 정몽주를 떠보려고 지었다는 「하여가」라는 시조가 생각이 납니다.

이런들 엇떠하리 저런들 엇떠하리
만수산 드렁츩이 얽혀진들 엇떠하리
우리도 이같이 얽혀 백년까지 누리리라.

자신의 삶에 묵묵히 그저 충실하게 산다는 것이 때로는 어리석게 보이고, 오히려 화려하고 주목받는 삶이 부럽게 느껴질 때에는, 과연 위대하고 잘 사는 삶이란 무엇인지 궁금하기도 합니다. 이럴 때 나는 중학교 교과서에서 읽었던 너새니얼 호손의 단편 「큰 바위 얼굴」이란 글을 생각해 봅니다. 그 글을 보면 위대한 삶이란 마치 어릴 적 기억으로 찾아간 고향에서 반갑게 만난 수백, 수십 년을 변치 않고 자리를 지키고 서 있는 마을입구의 고목에서 느끼는 그런 것이란 생각이 듭니다.

파라과이의 한국인 이민자들은 그런 삶을 추구하는 사람입니다. 세월이 흘러도 언제나 그 자리에 있는 그런 삶을 머나먼 타향 파라과이에서 꾸려가니 말입니다.

문화적 차이와 이민자의 처세

『국화와 칼』이라는 책에서는 "일본인은 죄의식에 빠져 있는 대신 수치감을 느끼고 있다"라고 합니다. 서양인들이 아직 동양 민족의 차이점과 민족성을 제대로 구분 못 했던 제2차 세계대전 중에 미국인 루스 베네딕트 여사가 일본에 가보지도 않고 단지 연구실에서 쓰고 후에 객관적으로 일본을 서술했다는 평을 들은 책이라 합니다.

죄는 개인 속에 생겨나는 개인의 내적 문제인 데 비해, 수치심은 주위의 평가에 의해서 생겨나는 것입니다. 동양의 처세술은 서양의 처세술에 비해 타인 지향적임을 말하는 글인 것도 같습니다. 행복의 기준이라든가 성공의 기준이나 삶의 기준이 타인이 나를 보는 시각을 기준으로 설정되므로 서구인의 눈에는 균질적이고 획일적이며 개성이 부족하게 느껴진다고 합니다.

서양과 동양의 사고방식의 큰 차이점은 주소 적는 방식에서 찾을 수도 있습니다. 한국은 나라 이름으로 시작하여 도 이름, 시 이름 후에 개인 번지수를 맨 나중에 적는 식이나 서양은 개인 주소번호로 시작하여 시, 주 이름, 나라 이름으로 끝을 맺습니다. 이 차이를 때로는 외향성과 내향성으로 이해하여 그 둘의 역사적 차이를 이해할 수도 있을 것이고, 어떤 때는 자기중심과 타인 중심의 사고 차이를 이해할 수도 있을 것입니다.

나는 그 차이를 농경문화와 수렵문화의 차이라고 생각합니다. 사냥은 개인의 능력으로 차이가 날 수밖에 없기에 당연히 개인의 능력이나 개성을 존중해야 하지만 농사는 경험으로 전수되어온 어르신의 권위적 가르침으로 마을 사람들이 모두 모여 일렬로 줄을 서 모를 심고 추수해서 나누어 먹었을 그런 환경에서 권위적이고 나보다는 공동체가 먼저라는 생각이 우선일 것 같습니다. 그래서 정의의 기준도 기독교 영향이겠지만 서구는 인간을 하나의 도구가 아닌 목적으로 본 반면, 동양은 개인보다는 공동체의 평화와 화합을 우선시하는 조화와 희생을 중시하고 있습니다.

생각해보면 어린 시절, 이민 와서 겪게 되는 가장 큰 갈등의 하나가 바로 이 처세의 차이가 아닌가 생각됩니다. 타인 지향적으로 타인을 의식하고 살아야 살아남을 수 있는 한국 사회, 끈끈한 정으로 똘똘 뭉친 조직사회나 인맥사회인 한국에서 한국인으로 살다가 철두철미하게 냉정하고 냉혹한 개인 책임 사회인 이민사회에서 겪게 되는 그 처세의 차이가 어린 이민자에게는 잔인하다 못해 스트레스이자 트라우마가 아닐 수 없습니다.

개인주의적이고 이해 타산적이고 이기적이라 할 수 있는 서양의 처세론이 무조건 좋다거나 아니면 인맥과 정으로 뭉친 한인사회가 낫다는 이야기는 아닙니다. 오히려 처음에는 극단적 문화 차이에서 방황했다는 표현이 맞을 것 같습니다. 마치 현지인 사회에서 같이 섞이지 못하는 이방인 취급을 당하다 한인사회에서는 원주민 다 됐다는 비아냥을 듣는 것처럼 언제나 어디서나 이방인같이 느껴지는 그 서러움 말입니다.

하지만 이제는 그 두 문화적 차이와 장단점을 경험하고 고민하고 공부하고 생각하고 이해하여 나름 한인사회와 현지인 사회에서 각기 다른 처세로 인정을 받을 줄 아는 지혜도 생겼습니다. 생각에는 아직도 이민사회의 많은 젊은 2세들이 이 정체성의 문제로 고민하고 있지 않을까 하는 생각이 듭니다.

바람과 함께 사라지다

같은 남자로서 나는 현실 속의 인물은 아니지만, 소설이나 영화 속의 주인공 중에서 마음에 드는 인물이 있다면 개인적으로 단연코 『바람과 함께 사라지다』의 남자 주인공 '레트 버틀러'라고 생각합니다.

물론 영화나 소설 속의 그의 외모보다는 그의 성격과 행동이 마음에 듭니다.

일단 그는 부를 추구하지요. 그는 부가 얼마나 가진 자를 돋보이게 하는지 그리고 뭇사람들이 뒤에서 손가락질할망정, 과정보다는 결과에 더 찬사를 보낸다는 것을 아는 사람 같기 때문입니다. 그리고 부의 상실과 부의 추구가 얼마나 사람을 비참하고 비굴하게 만드는지 깨우친 사람과도 같습니다.

그는 뭇사람들이 추구하는 이상과 정의에 대하여 조소를 보내기도 합니다. 마치 그것이 얼마나 집단적으로 도취한 행동이며 자기기만이며 허무한 것임을 아는 것 같은, 마치 미래의 결과를 아는 사람같이 보이기도 합니다. 하지만, 마지막 순간에 비록 자기의 판단이 옳았을지라도 자기편이 불리한 상황임을 알면서 그는 과감하게 전쟁터로 나가는 용감하고 참여할 줄도 아는 철저한 현실주의자이며 의리의 사나이이기도 합니다.

그는 빈부귀천을 떠나 하찮은 흑인 하녀나 미천한 술집의 작부에서부터 적당히 부패하고 타락한 말단의 관리까지 이야기를 들어주고 기분을 맞춰줄 줄 아는 것이 박애주의자나 평등주의자인 것 같기도 합니다.

그에게는 사랑하는 사람을 포기할 줄 모르는 집요함도 있습니다. 하지만 그 집요함을 어떤 절제된 계산 안에서 선을 넘지 않고 과장되지 않고 추하지 않게 끝내며 사랑하는 이를 자립하게 할 줄도 압니다. 그는 이룰 수 없는 것과 가질 수 없는 것을 구분하고 때로는 미련 없이 포기할 줄도 체념할 줄도 떠날 줄도 압니다. 뭇사람이 추구하는 모든 것을 성취하는 능력을 갖추고 또 포기할 줄도 아는 속물적인 현실주의자로 보이는 '레트'라는 친구. 내 생각에는 그가 지독한 염세주의자나 냉소주의자 그리고 고독한 허무주의자이자 한편으로는 진정한 휴머니스트였기에 가능하였다 생각합니다.

그것이 내가 그 '레트'라는 인간을 좋아하는 이유입니다.

나는 장사꾼입니다

　나는 생의 말년과 죽음을 생각할 때, 항상 염두에 두는 두 분이 있습니다. 그 두 분은 다름 아닌 나의 부모님이십니다. 평상시 추하게 늙어 죽는 것이 수치스러운 일이라고 항상 말씀하시던 두 분은, 1996년 말씀대로 오전에 아무 일도 없다가 갑자기 밤에 아버님의 품 안에 안겨 어머님이 돌아가시고, 2년 후인 1998년 아버님도 같은 모습으로 막내의 품 안에서 돌아가셨습니다.

　일본강점기 때 한 많은 한국인으로 일본 땅에서 태어나 대학교육을 받으신 아버지는, 젊은 시절 나름대로 부귀영화를 누리다가 젊지도 않은 나이에 사업 실패로 머나먼 남미의 파라과이로 이민을 오셨습니다. 하지만 끝내 이민 실패로 오히려 욕되고 파란만장한 삶을 살다 가신 분들입니다. 어쩌면 그런 삶이 인생의 흥망성쇠 흐름을 이해시키며 끝내는 죽음을 두려워하기보다 오히려 미련 없이 세상을 떠나게 만들 수 있는 이유가 된지도 모르지요. 그래서 그런지 지금도 부모님의 죽음을 생각하면 '황제의 연설' 중에 나오는 "그러니 가라. 배우가, 그를 고용한 감독이 명령하는 대로 무대에서 나가듯이. 아직 5막을 다 끝내지 못하였다고 하려느냐?" 하는 이 구절이 떠오릅니다.

그런 부모님의 사후에, 나의 삶은 어딘가 모르게 나이에 걸맞지 않게 사색적이고 금욕적으로 바뀌었습니다. 물론 그 이유에는 부모님의 죽음이 절대적이지만, 그 외에도 그런 삶에 적잖은 영향을 준 것에는 여러 권의 책과 글과 어릴 적 꿈이 있습니다.

영향을 준 책으로는 자라는 것을 어렴풋이 일깨워준 헤세의 글이 있고 양심의 소리에 고뇌하는 『죄와 벌』이라는 책이 있었다면, 굴러다니는 돌 하나에도, 보잘것없는 미물에게도 존재의 의미와 중요함이 있다는 김수환 추기경님의 책이 있었습니다.

나는 그런 책을 읽으며 사람으로 어떻게 살아야 하는지 그리고 노년과 죽음의 준비를 어떻게 해야 말년이 추하지 않고, 때로는 오래 사는 것이 치욕으로 느껴지지 않을지 고민해 보았다 생각합니다.

나는 어릴 적부터 군인이셨던 아버지의 영향을 크게 받았습니다. 그래서 그런지 한때 나의 꿈은 나폴레옹이었지요. 명예를 최고로 여기던 아버지께서는 언제나 돈을 우습게 여기고 장사꾼을 천하게 여기셨지만 끝내는 이민을 나와 장사에 실패하고 돈에 모욕을 당하셨습니다. 그리고 아이러니하게도 아들은 꿈을 버리고 하루하루를 연명하며 돈을 벌고자 일찌감치 장사꾼의 길로 나섰습니다.

올해로 나이 59에 장사 경험 42년째인가 봅니다. 생각해보면 20년

차인 지금의 사업체를 가지기 전까지 옷 행상부터 소위 '나까마'로 불리는 중간 도매행상, 숯 장사, 시계수리점, 야채상, 식당, 옷 가게, 제품, 삯바느질, 식품점 등등 나는 헤아릴 수 없이 많은 직업을 닥치는 대로 이것저것 여러 번 가진 것으로 기억합니다.

생각해보면 이민사회의 장사에는 하나의 전략이 필요하고 용병술부터 갈등의 해결, 심리와 정보의 필요성과 배짱과 용기가 필요한 것이 마치 전쟁터라는 느낌을 받고는 합니다. 어찌 보면 나는 어릴 적 꿈을 이루지는 못했지만 한편으로는 그 꿈의 진수를 맛보고 있는지도 모르지요. 그래서 그런지 나는 아우렐리우스의 철학을 좋아합니다. 그가 황제로서 군인으로서 치열한 전쟁터의 최전선에서 느끼는 세상의 흐름과 변화에 대한 성찰을 『명상록』이라는 글로 남겼듯이 나도 장사하면서 느끼며 깨우친 것을 글로 남기려 하고 있지요.

그리고 지금도 황제가 직접 쓴 글은 아니지만 그의 글을 월터 페이터라는 사람이 임의대로 요약한 '황제의 연설'을 가끔씩 읽으며 삶과 장사 터에서 전의를 다지곤 합니다.

아버지의 일기

아버님이 돌아가시고 아버님의 일기를 보았습니다. 아버님은 살아 생전 작가의 꿈을 꾸셨지만 끝내 이루지 못하셨지요. 여기 그분의 일기 몇 구절을 옮겨 봅니다.

1997년 5월 14일 수 맑음.

아침 소음 그리고 종일토록 소음이 이어진다. 왕래하는 차량의 소음, 멀리 보이는 빌딩의 숲, 높고 얕고 톱니같이 그러나 톱니같이 균형이 잡혀 있지 않은 수평, 근대 문명의 애환이 얽혀 있는 빌딩의 숲 그 속에 향수를 느낄 수 있는 사람은 흔치는 않을 것 같다.

지금 내가 뭘 쓰려고 하는지 지나지 않은 하루의 초장에서 막연히 붓을 잡고 보니 이런 식의 글귀들이 아무 생각 없이 붓끝을 스쳐 지나갔다.

향내가 향기롭다. 집사람 영전에 향을 태우는 습관이 어느새 생활화됐는지 향내가 없으면 왠지 그나마 한 가닥 이어져 나온 그 사람과의 인연이 끊기고 마는 것 같은 생각이 든다. 부질없는 것처럼 느끼면서도 아침이면 향을 태운다.

이제 그 사람의 일주기가 내일모레다.

여보! 당신의 명복을 비오. 몹시 보고 싶구려.

1997년 5월 16일 금 맑음.

집사람이 세상을 떠난 지 꼭 일 년이다.

향을 태우고 영전에 차를 올리고 그녀의 미소를 머금은 사진을 보고 있으니 그리움이 한없이 솟아오르는 느낌. 세월이 갈수록 내가 그녀를 사랑했었다는 감정이 또렷이 확인돼간다.

주여! 그녀의 명복을 빕니다. 탈상이라 말하고 싶지가 않다. 때가 되고 그리움을 쏟을 땐 아무 때나 당신의 묘를 자식들이 찾아갈 것으로 믿고 있소.

평온히 잠드소서.

1997년 6월 28일 토 비.

게을러서 쓰지 못한 일기장을 꺼내 다시 내키는 대로 붓대를 잡자니 세월 참 빠르다는 생각이다.

아니나 다를까. 2장을 쓰려는 모두에 문득 떠오르는 생각이 참 세월 빠르구나 하는 참회다. 월초 몇 장 끼적거리고 난 다음 이젠 꼭 꼬박꼬박 글을 써야겠다는 생각이 그저 생각일 뿐 오늘이 벌써 6월로 말일에 가

깝다.

그간 별다른 일은 없었으나 큰 며느리도 2주 만에 무사히 한국서 돌아왔다. 쥬리아가 '마나우스'에 여행한 사실도 큰일 속에 들어가야 할 것 같다. 갔다 와서 그런 곳에 살았으면 하는 나름대로 소감을 말하는 것도 쥬리아가 어른 영역에 들었다는 증거다.

번잡한 문명 속에서 원시에 가까운 세계를 맛보았으니 잠재된 인간의 향수가 일깨워져 나름대로 느낀 감정도 많았던 것으로 생각된다. 불과 몇 년 전만도 어린 티가 뚜렷했던 쥬리아가 이젠 제법 어른스러워졌으니 그야말로 세월이 빠르다는 감회가 절실하다.

그간 일본 사람들 사이에 끼어 '타우바테'라는 온천지에 다녀왔다. 비교적 가까운 거리인데도 휴양지치곤 갖추어져 있는 것이 많아 재미가 있었다. 점심 먹고 난 다음 다들 가라오케와 춤으로 어우러져 흥겹게 시간을 보내는 모습이 짧은 여생의 마지막 생명의 불꽃을 발산하는 것처럼 몹시 처절한 느낌마저 드니 어찌 된 일인가?

젊은이들의 눈에는 주책에 가까운 노인들의 광란처럼 보일 것이 틀림없다. 귀로의 버스 속에서 비 내리는 어둠 속의 주마등을 바라보듯 스쳐 지나가는 경치를 보면서 왠지 쓸쓸한 감정이 솟구쳐 나왔다.

다음 날 오른쪽 발목 부근의 통증이 몹시 심한 것을 느꼈다.

세훈의 권유에 따라 병원을 찾으니 진단이 '가통풍'이란다. 일종의 류머티즘. 파라과이 세범이네 있을 때 왼 발목에 꼭 같은 증상은 심장이 나빠 혈액 순환에 지장이 생겼다는 진단이었는데 늙은 사람에게 닥치는 병도 여러 가지다.

한심한 노릇 한쪽 손바닥에 올려놓을 수 있는 짧은 여생인데 그나마 생에 대한 집착 때문에 그 아픔에 겁을 먹고 병원 찾아가기를 원했던 내 심정, 인간이란 다 그런 것인가?

어쨌든 건강하게 살다 가기를 원하는 마음이야. 죽음의 고통을 두려워하는 마음보다는 자식들에게 부담을 주고 싶지 않은 마음에서라는 늙은이들의 간절한 소망이라 자위해야 하지 않을까?

아들에게 들려주고 싶은 이야기

어린 시절 저는 아버지의 전쟁 얘기를 들으며 자랐습니다.

1924년생이신 아버님은 일본강점기 때 메이지대학 법과에 다니셨습니다. 그러다가 징용을 당할 위기를 맞아 동남아 어느 섬으로 전쟁하러 떠나기 전날 밤, 대포를 끌고 가는 말 수레바퀴에 발을 집어넣어 부상을 냅니다. 끌려가면 죽을 것 같았기 때문이었습니다. 결국 전쟁터의 징용을 모면한 당신은 상처가 아물어가자 일부러 구정물을 부어 상처를 더 곪게 하였다는 서러운 이야기와 그 전쟁에 나간 사람은 모두 전사했다는 가슴 아픈 이야기를 들려주셨습니다.

해방이 되어 미군 군정에 통역사로 들어가 6·25가 터지자 소위로 임명되어 참전하셨다는 자랑스러운 이야기도 들었습니다. 어느 날 전투지역을 시찰하던 가운데 공격해오는 인민군을 피하다가 지프가 망가졌답니다. 그래서 부하와 눈 덮인 겨울 산속을 헤매는데 군데군데 나무 밑에 웅크린 아군을 만나 일어나라고 건드리면 맥없이 쓰러지던 시체였다는 무서운 이야기도 기억합니다.

산속에서 배가 고파 시체를 뒤져 먹을 것을 찾아 먹었던 이야기와 헤매고 헤매다 가까스로 부대에 귀환하니 자기 이름이 사망자 명단에 올라 있더라는 영화 같은 이야기도 생각납니다. 전방에서 치열한 전투로 젊은 생명이 하나둘 의미 없이 사라지는 시간에 아버지가 모시던 장군들은 안전한 후방에서 기생파티를 하며 놀았다는(제 생각엔 그런 사석에서 맥아더 장군이 밀려오는 중공군에게 원자탄 수십 발을 쏴서 전멸시키는 상상을 하며 기분이 좋았을 수도 있습니다) 울분에 차고 모순된 이야기도 들었습니다.

중령의 월급으로는 먹고살기 어려워 제대하고 월남으로 돈 벌러 간 이야기도 들었습니다. 월남에서 민간인 실종신고가 들어오면 이곳저곳 시체 보관소에 들러 아무 느낌 없이 이 시체 저 시체에서 팔 하나 다리 하나 잘라 시체를 이어 맞추는 미군의 유령 같은 모습의 다른 세상 이야기도 생각납니다.

어린 시절 아버지는 전쟁 얘기를 하시다 이런 말씀도 하였습니다.

"죽지 않는다는 보장만 있으면 전쟁터처럼 재미있는 곳이 없느니라."

1975년 큰형이 군 입대 후 아버지는 형이 후방의 편한 곳에서 군 생활을 할 수 있도록 후배를 불러 부탁하는 것을 보았습니다. 당신은 젊은 시절을 전쟁터에서 보냈지만, 자식한테는 그런 상황을 다시 물려

주긴 싫다고 하셨던 말씀을 기억합니다. 형이 군대 있는 동안 어머니는 밥상에 형 몫의 밥 한 공기와 수저를 끼니마다 올려놓으셨습니다. 아버지께서 군대에 계시는 동안에도 이런 식으로 아버지의 안녕을 걱정하셨듯이 군대에 간 자식의 안녕을 위해 어머니는 항상 그렇게 하셨습니다.

저의 큰 아들놈은 요즘 저에게 이렇게 얘기합니다.

"아빠! 나, 크면 친구들하고 한국 군대 갈 거야!"

천진스러운 애국심의 발로일 것이고 아니면 요즘 유행하는 컴퓨터 오락게임이나 언제나 주인공이 통쾌하게 이기는 오락영화의 영향을 받은 듯합니다.

6·25가 끝난 지 벌써 50년입니다. 그동안 너무 많은 것이 변한 것 같습니다. 한국사회처럼 세대 차이가 크게 나는 곳도 없다고 합니다. 근 반세기 동안 농경사회에서 산업사회로 그리고 정보사회로 옮겨져서 세대 간 사고방식은 엄청난 차이를 보인다고 합니다. 전 세대가 우리를 이해해주기 전에 우리 세대가 우리의 부모 세대를 연구하고 이해해 주는 게 더 현실성 있을 것 같습니다.

요즘 영화나 드라마, 오락 게임의 영향으로 전쟁이 너무 미화되고 전쟁을 어떤 오락 게임 정도로 생각하는 건 아닌지 모르겠습니다. 어떤 문학 비평가의 글에 한국은 6·25라는 좋은 문학적 소재를 외면하고 사랑 타령과 출세 타령 그리고 조폭 타령만 하는지 모르겠다는 글이 어렴풋이 생각납니다.

무(無)에서 출발하여 성공한 것같이 느껴지니 남에게 잘난 모습, 멋진 모습만 보여주고 싶고 과거의 어려운 모습이 치부처럼 느껴져 외면하고 싶고 망각했기에 그런 현상이 나오는 건 아닌가 생각도 듭니다. 신문엔 안보 불감증이라고 걱정하는 글이 자주 보입니다. 하지만, 국민이 안보 불감증에 걸리게 하고 세대를 단절시킨 사람들이 바로 언론 매체들과 지도층의 이기적인 생각 때문이 아닌가라는 생각이 듭니다.

어떤 게시판에서 만약 미국과 북한이 전쟁하면 우리는 북한과 함께 미국과 싸워야 한다는 글을 읽고 격세지감을 느낀 적이 있습니다. 통일을 위해 어차피 한번 희생되어야 할 목숨이라면 빨리할수록 좋다는 글도 보았습니다. 그런 글이 일개 개인의 생각이나 때로는 일부 세대의 생각을 나타낸 글일 수도 있습니다.

때로는 전쟁이 나도 자신과 내 가족은 안전할 거라 믿는 일부 지도층의 인기성, 단발성에 도취한 애국적인 짧은 생각과 간지에 영향을 받아 그럴 수도 있을 것입니다. 전쟁은 선과 악의 싸움도 정의(正義)도 아니고, 역사의 진화와 발전을 위한 것도 아니며, 단지 개인의 생명을 소모품 정도로 생각한 욕심의 결과이자 비극이고 허무함 그 자체가 아닐까요.

요즘처럼 생명경시가 만연되고, 있을 수 없는 일이 일어나는 한국 사회에 드라마나 영화에서 보여주는 사랑 타령이나 조직폭력배 영화나 맨몸으로 별 어려운 과정도 없이 출세하는 결과만 중요시하는 만화 같은 이야기보다는 어느 날, 자신의 의지와는 상관없이 전쟁터에 끌려

나가 조그마한 납덩이 한 알에 쓸쓸히 죽어가거나 폭탄 한 발에 무더기로 죽어가는 그런 허무하고 사실적인 전쟁 비극영화나 드라마를 남북합작이나 한미합작으로 만들어서 보여줘야 세상이 좀 냉정해지지 않을까 하는 말도 되지 않는 상상을 해봅니다.

아버님께서 아직 살아 계신다면 전쟁놀이를 동경하는 어린 손자에게 무슨 이야기를 들려주실지 참 궁금한 나날입니다.

덧붙이는 글:

이 글은 2003년 3월 4일 《인터넷 한겨레》에 '오늘의 논객'으로 뽑힌 글입니다. 나는 가끔 이런 생각을 해봅니다. 만약 우리가 한국에서 안정적으로 살아 이민을 떠나지 않고 살았다면 지금 무슨 생각을 하며 살고 있을까를 말입니다. 아마 군인이신 아버지의 영향을 받아 대단한 반공주의자나 보수주의자가 되어 있지 않았을까 상상도 됩니다.

우습게도 새로운 환경은 사람의 생각과 성격마저 바꿉니다. 그렇다고 나는 진보나 보수라는 정치적인 개념에도 별로 관심이 없습니다. 왜냐하면, 어떤 정형화되고 짜인 틀 안에서 자신의 이기심과 욕망을 감춘 채, 내가 아닌 다른 자아로서 자신을 불필요하게 구속하고 속일 필요는 없다고 생각하기 때문입니다. 진실로 관심이 있다면 나와 내 가정의 행복과 평화, 그리고 그 행복과 평화를 위하여 이 사회가 보장해 주어야 할 인간 하나하나의 존엄성과 인권이 가장 중요하다고 생각합니다. 정치도 중요하고 국익도 중요하고 경제도 중요하지만 그 모든 것에 앞서 가정이 행복해야 하며 우리의 부모와 선조가 눈물과 피땀으로 이룬 이 평화로운 시대에 단연코 인간이 우선이고 최고라는 개념을 가진 선진조국이 되기를 두 손 모아 기원합니다.

싸우지 마라

천둥소리에 놀라 새벽 3시에 잠이 깼습니다. 한동안 가물어 비가 안 오더니 이제 제대로 비가 오기 시작합니다. 이곳은 비가 내렸다 하면 무섭게 내립니다. 갑자기 광풍이 불기 시작하며 번개와 천둥 쳐대는 게 두렵기까지 하고 정말 벼락 맞을까 무섭기도 합니다. 이제 비가 온 후에는 날씨가 추워질 것입니다.

아내는 어제 친구 따라 강남 간다고 아순시온에 놀러 갔습니다. 비록 하루 만에 갔다 오는 것이지만 엄마의 자리를 맡아야 한다는 것이 부담이 갑니다. 아내는 늘 새벽 5시에 일어나 아이들을 깨웁니다. 브라질로 학교를 다니는 아이들은 습관이 되어 별 군말 없이 일어나지만, 안쓰럽기만 합니다.

말하기 창피하지만, 그놈들은 매일 아침 눈뜨자마자 시작해 티격태격 온종일 싸워댑니다. 그리고 아내는 그놈들을 향해 평상시와 달리 고함을 질러댑니다. 솔직히 딸만 가진 엄마들은 목소리도 조용한 것이 꽤 정적으로 보이던데, 아들 둘만 가진 아내의 성격은 날이 갈수록 터프해지는 느낌입니다. 하여간 난 이 난리통에 늘 아침잠을 설칩니다.

하지만, 오늘은 아빠만 있어서 그런지 후다닥 일어나 싸우지도 않고 알아서 세수하고 우유 마시고 스쿨버스에 오릅니다. 어찌 보면 내가 아내보다 아이들을 잘 다루는 것 같은 느낌이 듭니다.

아이들이 싸울 때 나는 항상 이렇게 말합니다.

"감정은 전염되는 것이다. 너희가 싸우면 아빠 엄마가 열을 받고, 너희 싸움 탓에 아빠와 엄마가 싸우게 되고, 그러다 보면 우리 집안은 콩가루 집안이 된단다."

물론 억지가 섞인 비약적인 논리이지만 실제로 자식들 싸움에 부부 싸움을 많이 하는 편입니다. 정말 감정은 분명히 전이(轉移)되는 것 같습니다. 예전에 밖에서 쌓인 감정을 집 안으로 가지고 들어오는 경우가 많았습니다. 그런 행동이 얼마나 가장으로서 못난 짓인가를 뉘우치기도 수없이 했습니다. 지금은 좀 덜한 편이지만, 그것이 얼마나 주위 사람을 피곤하게 하는지 아이들을 보면서 세상의 진리를 하나 깨닫게 되는 평범한 아침입니다.

파라과이에서 느끼는 추석 단상

머나먼 이국땅에서, 나는 누구인가를 생각해 볼 수 있는 기회가 한 해에 한두 번은 있습니다. 그중 하나가 추석입니다. 나로서는 추석명절의 의미와 풍습에 대한 추억은 이민을 떠나옴과 더불어 끝이 났다고 서글픈 고백을 하겠습니다.

초등학교 시절 국사를 배우며 역사책에 나오는 위인이 자신의 조상이라고 우기는 친구들에게, 역사책 어디에도 흔적 없는 나의 성씨에 대해 언제나 침묵을 해야 했던 기억이 있습니다. 그리고 집에 와서 아버지께 불만을 털어놓으며 조상에 대해 물어보면 "우리는 오백 년 전 중국에서 왕이었다. 나라를 잃고 할머니와 함께 네 아들이 귀화해 온 왕족이라 조선시대에서는 언제나 손님으로 대접받았기에 역사책에 위인이 없노라"는 말씀에 어린 나는 마음을 달랠 수 있었습니다.

30년 전 부모님과 우리 삼 형제가 이민을 나와, 이제는 부모님도 돌아가시고 이곳에서 태어난 나의 아들들이 내가 이민을 나올 때의 나이가 되었습니다. 가끔 그 먼 옛날 머나먼 중국 땅에서 고려로 귀화했다는 나의 선조를 연상해 보기도 합니다. 나라를 잃은 서러움에 망명 온 큰아들은 자손들에게 관직에 절대 오르지 말라는 유언을 남겼다고도 합니다. 머나먼 이국땅에서 객으로 살아간다는 것이 몰락한 왕족으로 얼마나 서러운 일이었을까요.

그런 생각을 하면 조상의 내력이 아직 나의 핏속과 가족사에 흐르고 있다는 생각이 들고는 합니다. 인터넷을 통해 듣고 보는 한국의 추석 소식에 왜 우리는 고향을 놔두고 머나먼 남미에 사는 것일까 하는 생각이 불현듯 들고, 선조를 연상케 함은 머나먼 이국땅에서 누구라도 느낄 수 있는 향수는 아닐까요.

추석이라는 명절이 나의 생활 속에 색이 바래짐은 그동안 먹고살기 바빴고 세월이 흘러서 그렇고 환경이 바뀌어서 그렇다고 치더라도, 해가 갈수록 생각나고 깊어지는 부모와 조상의 뿌리에 대한 연민은 무슨 이유일까요.

어느 날, 나처럼 자신의 뿌리가 궁금해질 나의 두 아들을 위하여 인터넷에서 찾아본 우리 가문의 역사를 여기에 옮겨봅니다.

서촉·연안명씨(西蜀·延安明氏)

서촉(西蜀)은 고대 중국(中國)의 진(秦)나라 서쪽에 속해 있던 지명이다. 원(元)나라가 기울어 가는 1362년(고려 공민왕 11년) 사천성(泗川省) 성도(成都)에 도읍(都邑)을 정하고 하(夏)나라를 세웠던 명옥진(明玉珍)의 아들 명 승(明 昇)은 1366년(고려 공민왕 16년) 아버지의 뒤를 이어 왕위(王位)를 계승하여 현군(賢君)으로 선정(善政)을 베풀었으나 1371년(공민왕 20년) 명(明)나라 태조(太祖) 주원장(朱元璋)의 세력에 굴복하고 이듬해 어머니 팽씨(彭氏)와 함께 가족 27명을 거느리고 고려(高麗)에 귀화(歸化)하였다.

고려에서는 그를 따뜻하게 맞이하여 국빈(國賓)의 대우를 하였고, 집과 노비를 내려 왕족(王族)의 지위를 지켜주었다. 그는 송도(松都)의 북부(北部) 이정리(梨井里: 홍국사 북쪽 산 밑)에 정착(定着)하고 총랑(摠郞) 윤희종(尹熙宗)의 딸과 혼인하여 살면서 아들 4형제를 낳아 우리나라 명씨(明氏)의 시원(始原)을 이루었다.

금연

1991년 아버님이 심근경색으로 쓰러져 식물인간으로 누워 계실 때, 의사가 지적한 가장 큰 문제는 담배 때문이라고 했습니다. X-ray 사진이 하얗게 나왔고 회복이 되지 않았던 것으로 기억합니다. 그리고 한 달 뒤 극적으로 깨어나셨습니다. 그 후, 아버님은 담배를 두 번 다시 손대지 않았습니다.

대도시 생활에 익숙한 동생이 가슴이 답답한 협심증이라는 증세로 문제가 생겼을 때 의사는 맨 먼저 담배를 금하라고 하였지만, 동생은 두려움 속에 아직 담배를 피우는 것 같습니다.

몇 년 전, 브라질에 사는 형과 바닷가에 놀러 갔을 때 큰형이 심장 이상으로 쓰러질 뻔하고 급하게 찾아간 병원에서 첫 번째로 금한 것 역시 담배였습니다. 나 자신도 자주 느껴지는 두통과 병에 대한 두려움의 원인은 언제나 담배인 것으로 기억합니다.

저는 담배를 끊은 지 꽤 오래되었습니다. 그러나 가끔 즐기는 포도주나 고기 같은 기름진 음식을 먹은 후 분위기 좋은 날은 여지없이 생각나는 것이 담배입니다. 그래서 시작한 것이 한 개비 값이 담배 한 보루 값 버금가는 쿠바 시가였습니다. 물론 한 달이면 서너 대 정도로 연기를 들이마시는 일 없이 그저 뻐끔대며 향을 맡는 정도입니다만, 다음 날에도 담배 생각이 안 나는 것을 보면, 한 개비에 무너지는 담배와 같은 중독성은 시가에 없는 것 같습니다.

물론 남미이기에 맛볼 수 있는 쿠바 시가의 맛도 금연이 우선이었고 금단의 고통을 이해하기에 가능하다고 생각됩니다. 그것도 엄밀히 따지자면 담배와 같은 니코틴 성분이지만 기분 나쁠 때 찾는 담배보다는 기분이 좋을 때 가끔 찾게 되는 시가는 인생의 멋을 즐길 수 있어 절제하며 피우고 있습니다.

요즘은 학교에서 흡연 피해 사례를 통해 시청각 교육을 하므로 부모의 염려가 줄었으나, 학생 스스로도 담배를 피우지 않으려는 노력이 보입니다. 이런 추세로 간다면 담배는 집 안과 사회에서 점점 설 자리를 잃어갈 것입니다. 담배를 피우는 동기는 여러 가지겠지만 저의 경우는 이민을 나오자마자 술과 함께 시작하였는데, 열일곱 살의 가장 예민한 나이로 받아들인 답답한 현실이나 남들과 다르게 보이고 싶은 영웅심이 원인이었던 것 같습니다.

마음이 늘 답답하던 그때, 피어오르는 담배연기는 어린 청춘을 태우고, 사랑을 태우고, 고독을 그리고 수많은 꿈을 태웠는지도 모릅니다. 적응하기 어려운 현실로부터 천천히 자신을 죽이는 방법이라며 친구에게까지 담배를 권했던 기억이 있는 것을 보면, 당시 힘든 현실에서 도피하고 싶은 마음이 간절했던 모양입니다.

그 당시 친구들보다 일찍 담배를 배웠습니다. 주위의 대부분 친구가 나 때문이라기보다 비슷한 감정으로 시작했을 겁니다. 담배를 끊으려는 시도는 담배를 피우면서부터 시작된 것 같습니다. 짧게는 몇 분에서부터 길게는 최근의 10여 년까지 이어지고 있지만, 이번의 금연이 영원히 담배를 끊는 마지막 시도라고 자부합니다.

기억에 남는 금연 시도 가운데 첫 번째는 3개월 정도 버텼으나 손끝이 저린 이상한 현상에 혹시 하고 피운 한 개비에 무너져 버렸고, 두 번째는 담배를 못 피우는 고통을 술로 이기려 했는지 날마다 마셔대는 위스키로 알코올 중독이 걸릴 것 같아 일 개월 만에 포기한 적도 있습니다.

담배를 끊으며 느끼는 우울증은 마치 첫사랑과 헤어진 듯한 슬픔이나 허전함과 비슷하다고 합니다. 솔직히, 담배에 얽힌 기억과 추억을 생각하면 칼로 무 베듯 한 번에 자를 수 없는 것이 담배라고 생각합니다. 담배는 추억과 아련한 향수를 불러일으킵니다. 때로는 무의식적으로 담배를 피우게 하려는 동기를 만들고자 하는지, 아니면 혹시 피우게 되면 피우게 된 이유를 합리화시키고자 함인지 이유 없이 일어나는 짜증과 신경질 그리고 부부싸움에 무너진 적도 있습니다. 그런 것을 보면 담배를 끊으려면 속세를 떠난 수도자와 같은 마음가짐도 필요하다 생각합니다.

한번은 니코틴 패치 덕에 한 2개월 붙이고 큰 고통 없이 끊었지만 몸무게가 불어나는 건 정상이더라도 이상하게 술도 안 먹히고 사람 만나는 것도 싫었습니다. 이민 초창기의 새벽 장사 시절, 새벽잠 깨려고 재래식 화장실에 쭈그리고 앉아 피우던 오랜 담배 습관 때문이었을까요? 화장실에서 꼭 담배를 피워야 하고 만약 담배가 없으면 볼일을 못 보는 습관 탓인지, 담배를 끊은 후 몇 개월 만에 변비와 오줌소태와 같은 현상이 나타나는가 하면 모든 것이 귀찮은 의욕 상실까지 간 적도 있었습니다.

그래서 찾아간 병원에서는 아무 이상이 없고 단지 신경성이라고 했습니다. 담배를 끊어서 그런 것 같다고 내가 얘기하자 의사는 그런 이유는 있을 수 없다고 얘기를 했습니다. 그 후 정신적인 문제였는지 의사 상담 후, 다시 담배를 피우고 나서 모든 증상이 없어진 적도 있습니다.

마지막 시도는 건강한 삶을 위하여 담배는 끊고 먹는 것으로 욕구를 채우자는 생각으로 시작한 터라, 잦은 과음과 과식 때문에 과체중과 지방간 수치, 당 수치가 상승하는 충격으로 한꺼번에 담배와 술, 고기를 끊고 지금은 건강하게 살고 있습니다. 하여간 금연을 잘못하거나 섣불리 하면, 안 끊느니만 못하다는 것을 알려 주고 싶습니다.

이런 이야기가 있습니다.

성(性)과 도 닦는 일은 여러 가지 문제를 지닌다. 하나는 쾌락의 극치를 통해 생명의 환희를 나누려는 것이고, 다른 하나는 모든 쾌락에서 벗어남으로써 해탈의 기쁨을 누리려 한다.

어찌 보면, 담배를 끊는 일이 도 닦는 일과 그리 큰 연관성은 없어 보이지만, 무언가 포기하여야 하고 절제해야 한다는 의미에선 금연이 도 닦는 일과 아주 비슷한 것 같다고 생각합니다.

나는 요즘 담배 피우는 사람을 보면 급하고 불안하게 보이는 것이 담배를 피우는 것이 아니라 욕망을 태우는 것 같다고 느껴집니다. 담배를 끊으려는 의지만을 이야기하지만 제 경험으로는 의지만으로는 해결할 수 없는 것 같습니다. 담배와 욕망은 끊을 수 없는 연관성이 있지 않나 싶습니다. 의지가 약함을 꾸짖고 자신을 탓하기 전에 자신의 마음속에 살아 꿈틀거리는 욕망을 이해해 주는 게 담배를 끊는 데 도움이 되지 않을지요.

호기심과 현실에 대한 반항 그리고 영웅심에 피우기 시작한 담배이지만, 피어오르는 그 담배연기에 부여했던 수많은 의미와 추억을 뒤로하고 백해무익한 담배연기로만 보아야 한다는 것이 과연 말처럼 쉬운 일일까요?

담배를 끊은 사람은 독한 사람이므로 상종도 하지 말라는 농담과 질투 섞인 이야기를 자주 듣습니다. 이 글을 쓰고 보니 담배를 끊은 내가 아직 못 끊은 당신보다 마음을 조금 더 비운 것 같다고 변명할 수 있겠군요.

만약 담배가 몸에 좋다면? (이 유머는 몇 년 전 제가 담배를 끊으면서 고통을 받던 중, 다음 칼럼을 통해 알게 된 어떤 친구의 블로그에 있던 이야기입니다.)

수험 공부하는 딸에게 어머니가 말한다.

"애야! 얼굴이 안 좋아 보이는구나. 담배 한 대 피우고 하렴."

듣고 있던 아버지가 옆에서 거든다.

"그래, 엄마 말 듣고 담배 한 대 피우거라. 저기 여보! 우리 딸 열심히 공부하는데 빨리 슈퍼에 가서 담배 한 갑 사오구려. 우리 애 잘 피는 거로 말이요."

학교 조회시간이면 침울한 학생들에게 선생님은 이렇게 말할 것이다.

"너희들! 아침에 안색이 안 좋아 보인다. 다들 담배 한 대 물고 시작하자."

"선생님, 저는 담배 안 피우는데요."

"도대체 너는 제대로 하는 게 뭐가 있니? 그러니까 네가 공부도 못하는 거야."

줄담배를 피우는 친구에게 다른 친구가 하는 말,

"짜식! 자기 몸은 되게 생각한다니까."

정말 담배가 이처럼 몸에 좋은 거라면 좋겠다는 생각을 지금도 합니다만, 이제 담배는 가까이하기에 부담스러운 사춘기 시절의 첫사랑 같은 아련한 추억으로 간직하며 살아야 한다고 다짐하고 또 다짐을 합니다.

당뇨 일기

1. 기적은 우연히 아니라 만들어진다

태양이 다음 날 다시 떠오를 확률은 1,826,214:1이라고 합니다. 이 수치는 천문학자이자 수학자인 라플라스라는 사람이 모든 불충분한 근거에 똑같은 가능성을 부여하는 중립의 원칙을 기준으로 나온 확률이라고 합니다. 어찌 보면 자가당착적인 역설이지만 지구상의 수많은 이에게는 공감이 가는 수치라는 생각과 함께 하루하루가 기적일지도 모른다는 생각도 듭니다.

영화나 신화 속에 나오는 죽어가는 사람이 갑자기 생생하게 살아난다든가, 바닷물이 갈라지고 원수들이 불구덩이나 물구덩이 속에 빠져 전멸하는 허무맹랑한 기적은 믿지 않습니다. 그런 기적은 너무 비현실적이고 비합리적이고 때로는 굉장히 우월적이고 이기적이다 못해 광신적이고 심지어는 유치하기조차 합니다.

하지만, 개인적으로 나의 삶을 돌이켜 보면 기적적인 일들이 현재 나의 삶에서 소리 없이 이루어지고 있음을 느낄 수 있습니다. 우선 어린 시절 체력장을 치르지 못할 만큼 약한 소년에서 야쿠자 같다는 별명을 들을 만큼 강해진 것이 기적처럼 느껴지고, 이민 초창기 미래에 대한 비전이나 꿈이라고는 보이지 않는 상황이었지만 이제 가정을 이루고 나름 경제적인 기반도 이루고 사는 것 역시 하나의 기적입니다.

한동안 초기 당뇨 때문에 고기는 전혀 안 먹고 생선과 채소를 평상시 3분의 1 정도의 양으로 시작한 식이요법과 하루에 두세 시간 헬스장에서의 운동요법 그리고 금연, 금주로 몸무게를 10킬로그램 정도 줄였습니다. 그것을 풍족한 생활로 살찐 나의 영혼이 그동안 고생하고 혹사당한 나의 신체에 대해 주는 최소한의 보상이라고 명명하기로 하였습니다.

며칠 전, 담당 의사에게 검진을 받았습니다. 검진 결과, 발견 두 달 만에 당은 사라지고 모든 혈액상의 수치는 가시적인 정상수치를 기록했습니다. 의사는 기적이라는 표현과 함께 "당신과 같은 환자만 있으면 우리 병원은 문을 닫아야 한다"라는 농담을 했습니다. 그 우스갯소리에 섬뜩한 느낌을 받았음을 고백하지 않을 수 없습니다.

현대의 병은 사람을 빨리 죽이지도 않습니다. 그저 약이나 수술로 연명하며 걱정과 근심으로 삶의 질을 떨어트리며 오래 살게는 하지만, 끝내는 경제에 밝은 병원과 제약회사의 배만 불려주는 것은 아닐까 합니다. 병은 지니되 오래오래 사는 수많은 환자를 만들고 자기네 약과 치료로 환자를 더욱 가난하게 만들고 그들에게는 이익을 남기게 하는 것처럼 느껴지는 것이 질병과 소비와 가난은 경제의 숨겨진 어두운 원칙일지도 모른다는 생각이 듭니다.

나는 기적을 위해 몇 가지 원칙이 있다고 생각합니다. 우선, 자기연민에 빠지지 말아야 할 것입니다. 원인을 세상이나 조상, 타인의 탓이나 이유로 돌리지 말고 오히려 세상의 모든 결과는 뿌린 씨의 열매임을 냉정하게 인식하여야 합니다. 그리고 자신에게 냉정해야 한다고 생각합니다. 우유부단하게 과거의 잘못을 자르지 못하고 차일피일 미루는 연약함을 질책하여야 합니다.

그리고 씨를 뿌려야 합니다. 어제의 나쁜 씨를 뿌리는 것이 아니라 내일을 위한 좋은 씨를 늘 열심히 뿌려야 할 것입니다. 그러면 미래의 어느 날, 사소하게 반복되어 보이는 평범한 일상이 문득 기적같이 느껴지는 날이 오리라 생각합니다. (2005/6/23)

2. 솔개를 꿈꾸다

요즘 나의 일상은 어디선가 읽고 들은 솔개의 삶을 본받으려 애쓰고 있습니다. 솔개는 약 40세가 되면 발톱이 노화하여 사냥감을 그다지 효과적으로 잡아챌 수 없게 된다고 합니다. 부리도 길게 자라고 구부러져 가슴에 닿을 정도가 되고, 깃털이 짙고 두껍게 자라 날개가 매우 무거워져 하늘로 날아오르기가 나날이 어렵게 된다고 합니다. 그러면 솔개에게는 두 가지 선택이 있을 뿐이라 합니다. 그대로 죽을 날을 기다리든가 아니면 약 반년에 걸친 매우 고통스러운 갱생 과정을 수행한다고 합니다.

갱생의 길을 선택한 솔개는 먼저 산 정상 부근으로 높이 날아올라 그곳에 둥지를 짓고 머물며 고통스러운 수행을 시작합니다. 먼저 부리로 바위를 쪼아 부리가 깨지고 빠지게 하여 새로운 부리가 돋아나게 하고, 새로 돋은 부리로 발톱을 하나하나 뽑아냅니다. 그리고 새로 발톱이 돋아나면 이번에는 날개의 깃털을 하나하나 뽑아냅니다. 이리하여 약 반년이 지나 새 깃털이 돋아난 솔개는 완전히 새로운 모습으로 변신하게 됩니다. 그리고 다시 힘차게 하늘로 날아올라 30년 정도의 수명을 더 누리게 된다는 이야기입니다. 나는 이야기가 정말로 근거가 있는 이야기인지 아니면 지어낸 이야기인지 알지 못하지만 확실히 위로가 되는 이야기였습니다.

요즘은 생각이나 심정의 변화도 느끼지 못합니다. 블로그에 글을 쓴 지도 오래된 것 같습니다. 생각이나 글은 조용한 가운데 가능합니다. 하지만, 생각의 발단은 역시 사소한 것에 열도 받고 씹어대기도 하며 부대끼는 삶과 생활 속에서 가능한 것 같습니다. 한동안 험담이라는 것에 대하여 생각해보았습니다. 나는 우선 예전에 두 사람 이상이 모여 술판이 벌어지면 누군가를 안주로 난도질하는 것이 습관이었다고 고백해야겠습니다.

어느 글에서는 인간은 한가해지면 험담을 하게 되고 그러기에 험담을 하지 않을 정도로 바쁘게 살 필요가 있다고 했습니다. 그리고 타인의 험담이나 비난이라는 것은 양날의 칼과 같아 상대에게나, 말하는 이에게나, 그리고 그 말을 듣고 다른 곳으로 전하는 이에게나 모두 상처를 주는 것이라 합니다. 어쩌면 나는 너무 사소한 것에 목숨을 걸고 살았는지도 모른다는 생각도 듭니다.

건강을 잃고 보니 모든 것이 부질없고 소용이 없는 것처럼 느껴졌습니다. 생각해보면 목숨 걸 일도 아니었는데 술판을 벌여 추구한 중요하다고 생각했던 것들을 지금 돌이켜 보니 정의도 진리도 그렇다고 우정이나 화합도 아닌 그저 객기처럼 느껴졌습니다. 이제는 나 자신에게는 물론 타인과도 좀 더 성숙한 인간관계가 이루어지도록 노력을 해야겠습니다.

이즈음 만나는 사람도 별로 없고 주변의 삶이나 화세에서 거의 잊혀 가는 삶을 산다는 것은 타의라기보다 나의 성격과 체질에 맞는 삶이기에 가능한지 모릅니다.

솔개가 반년이라는 세월을 처절한 몸부림으로 다시 새로운 비상을 하듯, 비록 욕심 많고 연약한 인간의 부질없는 희망일망정, 나 자신도 솔개처럼 육체적으로나 정신적으로 과거와는 다른, 좀 더 성숙한 모습으로 갱생을 하여 새로운 비상을 꿈꾸어야겠습니다.

3. 천국은 심심하다?

아침 일찍 일어나 가게에 가고 퇴근 후, 헬스장에 가서 운동하고 집에 돌아와 식구들과 담백하고 절제된 음식으로 맛있게 밥을 먹고 나서 개를 끌고 동네를 한 바퀴 돌고 들어와 목욕 후, 책상 앞에서 글을 쓰거나 아니면 침대에 누워 책을 읽으며 일찍 자는 생활과, 술도 마시지 않고 담배도 안 피우고 외식도 안 하는 절제된 삶은 어찌 보면 도덕 교과서나 초등학교의 바른 생활 책에서 권장할 만한 삶의 모습인지 모릅니다.

이런 삶이 당뇨 걸린 후 나의 일상입니다.

웬만한 모임에는 건강 핑계로 얼굴도 안 내밀고 인간사의 희로애락과 애증을 초월하고 잊힌 듯 조용하고 도도하고 오만하게 사는 삶이 요즘의 나의 처세방법입니다. 우습게도 나는 내가 선택한 요즘 삶이 후회스럽지 않지만 그렇다고 자랑스럽지도 않습니다.

일단 나이에 걸맞지 않은 무미건조하고 심심한 삶입니다. 주변의 관심이나 세상사의 중심에서 멀리 떨어져 버리고 무관심해져 버린 생활입니다. 만약 세상에 나 같은 놈만 살아 있다면, 얼마나 재미가 없을 것이며 결국은 경제가 마비되고 사회는 정체되고 퇴보할 것이 분명합니다.

나는 요즘 나의 심심한 삶을 통해 세상에 넘쳐나는 종과 색깔의 다양성과 상대성을 이해하기 시작했습니다. 세상은 미운 놈, 고운 놈으로 시작하여 잘난 놈, 못난 놈, 있는 놈, 없는 놈, 잘하는 놈, 못하는 놈, 한심한 놈, 썰렁한 놈, 재수 없는 놈, 열 받게 하는 놈, 나쁜 놈, 착한 놈, 마음에 드는 놈, 마음에 안 드는 놈, 필요한 놈, 쓸모없는 놈, 미친 놈, 정신 나간 놈, 헛소리하는 놈, 더러운 놈, 멀쩡한 놈 등등 모든 부류가 모여 이 세상과 이 사회를 재미있고 다양하고 역동적으로 만드는 것쯤은 잘 알고 있지만 어쩌겠습니까.

부정이나 부패도 세상을 원활하고 활기차게 돌아가게 하는 하나의 이법이고 필요악이라는 생각입니다. 그러기에 세상에는 버릴 것이 없고 나름대로 다 존재 이유가 있고, 나에게는 꼴도 보기 싫게 미울망정 전체를 위해서는 없어서는 안 되는 사람도 있습니다.

그러기에 인간은 다 나름의 생긴 대로 세상을 살아가는 것이고, 나 같이 얄밉도록 한심하고 소심하고 이기적으로 사는 인간도 필요하다는 것이 나의 핑계입니다. 그러므로 세상은 자신의 생각처럼 흑과 백으로 양분할 수 없다는 것이 나의 반론입니다.

웃다가 울다가 지지고 볶고 치고받고 싸우다 어깨동무하며 노래할 수 있는 변덕스럽고 변화무쌍한 곳이 우리의 삶이고 이승의 삶이고 속세의 삶이라 합니다. 개똥밭에 굴러도 이승이 저승보다 낫다는 말은 분명히 맞는 말일 것입니다. 그러고 보면 착하고 깨끗한 놈만 살 것 같은 천국은 심심하고 재미가 없을 것 같은 느낌이 듭니다.

4. 방황하다

언제나 어린아이로 부모의 품 안에 있을 것 같던 큰아들이 상파울루의 대학에 입학하여 아내가 막내와 같이 집을 떠난 지 3일째입니다. 아내와 막내놈은 큰아들을 삼촌 집에 두고 내일 집으로 돌아올 것이지만 혼자 있으니 마음이 뒤숭숭합니다. 아들이 대학에 들어갔으니 분명히 기뻐해야 할 일인데, 한편으로는 우울하고 서글픕니다. 내 나이 마흔다섯, 한국 나이로 마흔여섯이라지만 벌써 아이가 커서 대학생이라는 것이 실감이 나지 않습니다.

며칠 동안 가정부가 해주는 국적불명의 음식을 먹으니 속이 거북합니다. 오늘은 브라질 시장에 싱싱한 생선이 들어오는 날이라 국경 다리를 건너 궁상맞게 보이든 말든 일식집에 혼자 저녁을 먹으러 다녀왔습니다. 요즘 관광객이 많이 오는지 거리가 제법 산뜻하고 분위기도 열대 남미의 관광지 풍경답습니다. 그런 배경을 뒤로하고 시원한 cool sake 한 잔과 스시 한 접시를 시켜 먹고 있자니 Police의 〈Every Breath You Take〉라는 노래가 들려옵니다. 젊은 시절 열광하며 들었던 노래라 그런지 아니면 사케 탓인지 마음이 센티멘털해집니다.

정기검진에서 초기 당뇨 판정을 받아 충격을 받고, 술 담배를 끊고 그 흔한 고기마저 끊어 버린 후, 혼자 도 닦듯 가게와 집 그리고 헬스장을 다람쥐 쳇바퀴 돌 듯 살아온 지 벌써 일 년이 되어갑니다. 세계에서 고깃값, 위스키 값이 제일 싸다는 나라에서 술과 고기를 끊으니 주위에 만날 사람도 없고 갈 곳도 없어 정말 외로운 나날이기도 하지만, 일 년 동안 몸을 추스르며 자신과의 싸움에서 이겼다는 대견함과 자신감을 되찾았다는 것이 감사합니다. 그러나 아직도 방황이 남아 있는 것 같고 한편으로 철이 덜 든 어른 같다는 생각이 드는 것을, 감정의 사치로 치부해야 하는 현실이 얄밉기만 합니다.

크고 썰렁한 집에 우두커니 앉아 있습니다. 잠을 청하자니 너무 이르고 오랜만에 글을 쓰자니 어색하기 그지없습니다. 오늘따라 가족들의 빈자리가 유난히 커 보입니다.

5. 카더라 정보

죽을병은 아니지만 그래도 병은 병인지라 주위의 많은 사람이 조언을 해주었습니다. 그것은 주로 먹을거리로 마늘이나 양파, 생선 등을 무조건 많이 먹으면 좋다라든가, 먹고 싶은 것, 마시고 싶은 것, 먹고 마시면서 스트레스 안 받고 사는 것이 건강을 지키는 지름길이라든가, 아니면 굶어보라는 이야기로부터 아침에 무엇을 갈아 주스로 마시라는 이야기에서 걷거나 뛰는 운동요법까지 상식적인 이야기이긴 하지만 아직 증명 안 된 치료법이나 자신의 경험이나 희망 사항, 자신의 건강 자랑이 주를 이루었습니다.

의사의 치료요법으로는 지방간과 높은 콜레스테롤, 과체중에 따른 췌장의 기능 저하이므로 우선 음식을 예전의 반으로 분량을 줄이면서 하루 세끼의 식사와 두세 번의 간식을 먹되 술과 고기, 당분과 탄수화물을 금하는 대신 채소와 튀기지 않은 생선과 정제 안 된 곡물 위주로 오히려 예전보다 더 화려해진 식단으로 바꾸고 과일은 당분이 많으므로 하루 손바닥만 한 분량을 한 번에 먹지 말고 서너 번에 나눠 먹으라는 처방을 내려주었습니다.

식이요법과 운동으로는 현재 나의 체력에 맞는 유산소 운동으로 하루 최소 한 시간 이상 꾸준히 하고, 저녁 먹고 안 내려가는 혈당을 잡으려고 식후 1시간 뒤, 최소한 30분 정도 걸으라는 극약 처방(?)이었습니다. 그리고 약으로는 지방 섭취를 방해하는 약과 콜레스테롤 저하 약만 처방해 주며 목적은 연말까지 몸무게를 67킬로그램으로 줄이고 지방간 없애고 나쁜 콜레스테롤을 줄이면서 좋은 콜레스테롤 수치를 높이는 등등 아주 나의 체질을 근본적으로 바꾸라는 강도 높은 처방 명령이었습니다.

다행히 그동안 쌓아온 마음의 수양이나 내공 탓인지 아니면 내가 독한 탓인지, 그것도 아니면 빨리 죽기 싫어서인지 모르겠지만 아직까지 문제없이 잘 지키고 있습니다. 구체적인 결과가 빨리 보인다는 것에 만족하며 하루하루 열심히 지키며, 한두 번의 안일함으로 무너져 절망적인 상태로 갈 수 있다는 경각심에 긴장을 늦추지 않고 있습니다.

지난주 말에 어느 교포가 갑자기 쓰러져 심장마비로 중환자실에 입원하는 일이 벌어졌습니다. 아직도 중환자실에서 깨어나지 못하고 있어 가족과 주위 사람들의 애간장을 들끓게 하고 있습니다. 평상시 고지혈증과 고혈압이라는 지병이 있었으나 그것을 숨기고 어느 날 주위들은 이야기(옷이 땀에 흠뻑 젖고 숨이 찰 정도로 뛰면 약 안 먹어도 낫는다는)에 약도 잘 안 먹고 건강을 자랑하다 쓰러졌다고 합니다.

참으로 어이없는 결과입니다. 의사나 전문가의 의견을 두려워하여 상담이나 확인도 하지 않는 것도 문제고, 오히려 확인되지 않은 떠도는 정보와 인증되지 않은 사실을 자신의 일시적인 기준으로 도취하여

침 튀기며 기정사실인 것처럼 말하고 강요하는 것도 문제고, 그런 말에 자신의 운명을 거는 무모함과 무지함도 문제인 것 같습니다.

정보화시대라 그런지 예전에 비해 많은 정보가 인터넷이나 신문, 방송 그리고 사람이 만나는 곳마다 사방천지 넘쳐나고 있습니다. 제대로 된 정보도 사람의 입과 생각에 한 번씩 걸러질 때마다 여과되기도 하지만 그보다는 부풀려져 나중에는 전혀 다른 정보로 변할 수 있습니다. 그리고 그 잘못된 믿음과 신념이 때로는 한 사람의 생명을 좌지우지할 수 있다는 생각을 하면, 소위 카더라 통신이나 카더라 정보라는 것이 얼마나 무지하고 무서운 것인지 깨우쳐야 할 것입니다.

나폴레옹과 돈키호테

어렸을 적 나에게 존경하는 인물이 누구냐고 물어보면 세종대왕이나 이순신 장군이나 에디슨 같은 과학자보다는 좀 더 세련된 느낌을 선택하여 '나폴레옹'이라고 대답하였습니다. 이유는 생일이 나와 같은 날이고, 내성적이고 고독한 성격이 비슷한 것 같아서였습니다. 길고 붉은 망토에 백마를 타고 알프스를 넘으며 세상을 호령하는 그의 모습이 사내아이로서는 동경의 대상이었습니다.

우리는 보통 나폴레옹을 연상할 때 패기 넘치고 냉정하고 정확한 판단을 갖춘 인물로 보지만 인간적으로는 전쟁터에서 연인 조제핀에게 사랑의 편지를 쓰는 여유 있고 낭만적인 사람이었고, 그리고 불가능을 가능하게 만드는 의지의 인물로 기억합니다.

하지만 마지막 전쟁터인 워털루에서 판단력이 흐려져 무력하게 패배한 모습과 유배지에서 쓸쓸히 죽어간 그의 모습은 영웅의 모습이 아닌 그저 평범한 인간으로서의 연민을 느끼게 합니다. 천하의 나폴레옹도 나이는 속일 수 없었던 모양입니다.

나는 가끔 그가 이 시대에 다시 태어난다면 어떤 모습일까를 상상하곤 합니다. 긴 망토에 백마를 타고 자신 있게 알프스를 넘는 나폴레옹이 아닌 정열적이고 강인한 모습의 자수성가한 기업가나 정치가, 운동선수, 아니면 혁명을 일으키는 군인의 모습은 아닐까 상상을 해봅니다.

어쩌면 그는 요즘 같이 판이 짜이고 굳어진 세상에서 이루기 쉽지 않은 이상의 꿈과 현실의 괴리로 방황하는 돈키호테처럼, 긴 창과 낡은 투구를 입고 늙어 빠진 로시난테 같은 말을 타고서 끝없는 아스팔트길을 터벅터벅 걸어가는 그런 고독한 모습을 한, 처량한 나폴레옹의 모습은 아닐까라는 생각도 해 보았습니다.

세상은 항상 소수의 성공한 사람만 이야기하고 동경합니다. 어릴 적 학교에서나 요즘의 언론 역시 언제나 특출한 소수 사람의 성공담을 이야기하기에 급급합니다. 그리고 그들 성공의 추억은 오래 기억되지요. 우리에게 그들을 본받으라 강요도 합니다. 세상은 복잡해져도 인간은 오히려 단세포처럼 단순해지는지도 모를 일입니다. 마치 빛을 향해 몰려다니는 아메바처럼 돈과 명예와 쾌락과 유행이 있는 곳으로 몰려다니고 낙오가 안 되려고 발버둥 치다가 끝내 우리 자신을 속이게 하고 슬프게 만듭니다.

성공과 신화의 배경에는 언제나 시대에 적응 못 하여 잊힌 사람들이 훨씬 더 많다는 것을 우리는 간과하고 있습니다. 우리는 단지 그들을 의도적으로 망각하고 싶은 존재로 기억에서 지울 뿐이지요. 나는 그들이 시대를 잘못 만난 나폴레옹, 나이를 먹은 늙은 나폴레옹, 꿈속에서 헤매는 돈키호테는 아닐까 생각해봅니다.

이 세상이 늙고 힘없는 나폴레옹을 기억하고 꿈을 찾아 헤매는 돈키호테의 이야기를 들어주며 진정한 인간의 삶과 그 과정을 이야기하고 기억할 때 세상은 성숙해지리라 여겨집니다. 능력 있고 힘 있고 패기에 넘친 젊은 나폴레옹을 기억하는 것도 중요하지만 늙음의 무력함과 실패의 서러움도 같이 기억해 주면 좀 더 삶에 겸허해지지 않을까요?

인생은 연극이다

개구쟁이며 언제나 밝던 막내아들이 언제부터인가 방 안에만 틀어박혀 나오지 않습니다. 자라면서 겪는 사춘기인가 봅니다. 방 안에 들어가 보니 한국의 10대 연예인들의 사진이 많이 붙어 있고 연실 내가 알아들을 수 없는 한국 노래만 듣고 있습니다.

그런 모습이 아비로서 못마땅해 보입니다. 그래서 무엇이 불만이고 잘못됐는지 말해보라고 하니 신경질적인 반응만 보입니다. 그리고 자신은 사춘기이니 이해 좀 해달랍니다. 그런 대답이 이해가 되면서도 한편으로는 걱정이 됩니다. 공부해야 할 나이에 공부는 안 하고 연실 인터넷만 하는 모양이 아비가 보기에 영 아니기 때문입니다. 무슨 말을 해줄까? 곰곰이 생각해보다 겨우 한 말이 "인생은 연극이다"라는 말입니다. 네가 좋아하는 연예인들만 연기하는 것이 아니라 평범한 우리도 연극을 하듯 살아야 한다고 말해주었습니다. 마치 내가 아버지로서 그리고 온 힘을 다해 살아야 하듯, 너도 아들로서 학생으로서 자기의 본분에 맞게 연기하듯 열심히 살자고 제안을 하였습니다. 그 일 이후 막내는 조금 바뀐 것 같으나 그건 제 생각뿐인지 모릅니다.

같은 엄마 뱃속에서 나온 아이들인데 차이가 많이 납니다. 큰아이는 요즘 한국의 연세대학교에 교환학생으로 갔는데 언어 소통에 문제가 있어 언어학당과 학업을 병행하고 있습니다. 그곳에서 얼마나 많은 친구를 사귀었는지 앞으로 유럽이며 호주, 미국 친구를 만나러 가야 할 곳이 많다고 합니다.

막내도 요즘 한국에 나가 있습니다. 어려서부터 한국을 그리 동경하더니 대학교는 한국에서 다니겠다고 하여 일 년간 학업을 쉬고 한국의 실정에 맞는 공부를 시키러 한국의 할머니 집에 보냈습니다. 그곳에서 열심히 공부하고 세상을 배워 많이 변해서 돌아올 아이들을 생각하면 만날 날이 기대됩니다.

우리 부부는 아이들이 없는 기회에 집을 좀 더 늘리려고 수리를 하느라 집 근처 조그만 셋집에 살고 있습니다. 갑자기 바뀐 환경 탓에 스트레스가 많습니다. 가끔 짜증도 나고 좁은 환경과 적막한 주위가 낯설기만 합니다. 옹졸한 나의 모습을 보며 예전 막내에게 해준 충고가 기억났습니다.

'인생은 연극이다.'

몇 개월 뒤면 이사 갈 새집과 다시 만날 아이들을 생각해보면 오히려 이 낯섦이 기다림의 희망이라는 것을 내가 깜박했나 봅니다.

요즘은 골프를 치면 매번 돈을 잃습니다. 그렇다고 큰 액수를 잃는 것도 아니고 경비 빼고 나머지 돌려주니 잃어봤자 몇십 달러입니다. 그래서 그런지 골프를 갈수록 안일하게 치는 저를 스스로 위로합니다. 그저 건강을 위해 치는 것이라고요.

가끔 돈 좀 잃으면 안색이 변하고 분위기를 망치는 사람이 있습니다. 친목과 건강을 위하고 스트레스를 풀자고 치는 골프가 오히려 친목과 건강을 해치는 결과가 나오기도 합니다. 그래서 어떤 프로 골퍼는 골프는 인생의 척도도 아니고 그저 게임이고 놀이라고 했다지요.

게임을 마치고 나와 맥주 한두 잔 마시고 나니 기분이 좋습니다. 주위에서 밥 먹으러 밖으로 나가자고 제안하지만, 집에 혼자 있을 아내를 핑계로 식사를 거절했습니다. 오후 내내 가게를 보고 피곤한 몸으로 집에 돌아와 저녁을 준비할 아내를 생각하니 괜히 미안한 마음이 듭니다. 집으로 오면서 차 안에서 아내에게 전화를 걸었습니다. 그리고 아내가 전화를 받자마자 이렇게 한마디 해주었습니다.

"사랑한다, 선영아!"

인터넷에 '쇼를 해라'라는 광고가 자주 보입니다. 자신을 적극적으로 표현하고 상대방에게 기쁨과 웃음을 선사하라는 그런 메시지가 아닐까 생각합니다. 우울해 있을 그대를 위해 한 번쯤 연기를 하고 쇼를 하는 모습이 정말 긍정적이다 개인적으로 생각합니다.

세상살이 생각하기 나름이랍니다. 그래서 원효대사는 일체유심조(一體唯心造)라 했다 합니다. 그 뜻은 모든 것이 마음이 만들어 낸 것에서 비롯된다는 뜻으로 일체만법이 오직 이 한마음에 있다는 의미라 합니다. 그리고 어떤 이는 삶 자체가 놀이이니 '인생 뭐 있어!' 하며 스트레스 많이 받지 말고 긍정적인 생각에 편하게 살라고 조언해 줍니다.

그래서 제 생각인데 아무리 봐도 삶이란 한바탕 연극이고 우리는 인생의 멋진 show를 보여주어야 하는 연극배우인 것 같습니다.

블로깅을 하는 이유

뜨겁지도 그렇다고 차갑지도 않은 삶에 대한 기대, 재미없지만 서럽게 힘들지도 외롭지도 않은 심심한 이민생활, 호기심과 열정이 어느 정도 사라진 그렇다고 관심마저 사라진 것은 아닌 지켜보고 바라볼 수 있는 여유가 생긴 나이, 밤늦도록 지인들과 술을 마시며 희망과 기대와 불평과 불만을 이야기하기에는 자신이 없어진 건강, 이런 처지에 나에게 걸맞은 여가 선용이 블로그에 글쓰기와 남의 글 읽기였습니다. 처음 인터넷에 글을 쓰기 시작한 것은 인터넷 포털사이트인 다음의 칼럼이었습니다. 그 당시에 글은 길었습니다. 그 후에 블로그로 옮겨가고 이제 짧은 촌철살인적인 글이 쓰이는 SNS가 대세가 되었습니다. 그만큼 이제 사람들은 긴 글을 읽을 심적 여유가 없다는 말이 아닐까 합니다.

생면부지 타인의 글을 차분히 읽다 보면 그 사람의 모습이나 인상,

현재의 기분이 상상되고 느껴지기도 합니다. 그리고 지금 글쓴이는 어떤 감정이고 느낌인지 이해가 되고 공감이 가는 글에 발자취를 남깁니다. 때로는 공감과 반론을 표시하고 최대한의 존중을 나타내는 꼬리말을 남기기도 하지요.

나는 여기저기 둘러보고 블로그의 글과 생각을 엿보면서 물론 인터넷이 아니면 맛볼 수 없는 신기한 경험에서 몇 가지 공통된 주제들을 발견합니다. 사랑, 정의, 평화, 이해, 연민 그리고 이상적이고 좋은 세상, 우울과 불안, 고독, 허무, 방황 등등…….

그 수많은 글과 내용, 주제 중에서 한 가지 공통된 주제로 요약하여 이야기하라면 이기적인 나의 잣대로 서슴없이 이렇게 말할 것 같습니다.

존.재.확.인.

타인은 보면서 자신은 직접 볼 수 없는, 우리가 가진 눈의 위치 때문인지 수시로 거울에 자신의 얼굴을 비춰보듯 자신의 존재를 확인하는 행위. 그리고 자신의 생각을 타인에게 비추어보고 타인에게 자신을 인식시키고 나아가서 보이지도 않는 생면부지 독자의 관심을 끌고 인정받고 사랑받고 서로에게 영향을 주고 싶은 그런 욕심. 그리고 같은 처지의 동류를 찾고 싶다는 그런 느낌.

그 느낌이 나아가서 존재란 외롭고 혼자이며 영원히 섞일 수 없으며 아무도 대신해줄 수 없다는 그런 허무한 체념이 일기도 합니다.

어찌 보면 인정하고 싶지 않은 연약한 감정이지만 솔직히 이런 감정을 전혀 아니라고 부정하기에는 인간은 누구나 생각 많고 연약한 흔들리는 갈대입니다.

그러고 보면 인터넷에 글을 올리고 글을 읽고 발자취를 남기고 꼬리말을 남기고 대답을 해주고 반응하는 행위에도 용기가 필요합니다. 나는 그 용기가 수줍은 허무를 뛰어넘는 행위라고 생각합니다. 그러므로 나는 뜨겁지도 차갑지도 않은 열정, 삶에 대한 애정과 존재에 대한 호기심으로 오늘도 인터넷을 기웃거립니다. 여기 최근 SNS에 올린 짧은 글 몇 편을 올려 봅니다.

- 가벼운 여행을 떠나는 짐을 싸면서 항상 하는 고민은 무엇을 더 가져갈까? 하는 생각보다는 무엇을 더 두고 갈까? 하는 고민이다. 인생도 그럴 것 같다.

- 정보의 홍수는 마치 악화가 양화를 구축하듯, 정보의 쓰레기만 만든다.

- 세상의 인심은, 네가 넘어지는 순간, 도움의 손길을 내어주는 것이 아니라 먼저 짓밟는다는 것을 …… 이것이 이민 나와 처음 배운 교훈이다.

- 한참 일할 나이에 그리고 한참 바쁘게 일하는 시간에 내기 골프 치러

가는 것은 여유도 아니고 용기도 아니다. 지나 보니 그건 그냥 무모함이더라.

• 어느 날 아침, 나에게 자유가 주어지고 지겨운 모든 일상으로부터의 해방이 이루어진다면 …… 나는 무지 불안해할 것이다.

• 어느 블로그 친구가 나를 보면 유유자적이 생각난다면서 파일로 보내준 안윤모의 〈달빛〉이라는 그림은 배부른 소크라테스가 아니라 생각하는 돼지 그림이었다.

• 남자도 나이를 먹을수록 여자처럼 거울을 가까이 두고 가끔씩은 자신의 얼굴을 비춰 보아야 한다. 추하게 늙지 않기 위하여…….

• 어제의 친구가 오늘의 적이 되고 어제의 적이 오늘의 친구가 되는 세상을 생각하면 세상을 친구와 적으로 구분하기보다는 적과 친한 적으로 구분한다면 덜 민망하지 않을까? 한다.

• 원대한 꿈, 큰 꿈도 좋지만, 그것을 실현 가능하게 하는 단계적이고 구체적인 계획이 없다면 그건 그냥 꿈.

• 할 거 없는데 장사나 할까? 하거나 지겨운데 때려치우고 이민이나 갈까? 하는 사람이 혐오스럽다.

- 초창기 이민자는 총성 없는 세계화 전쟁의 치열한 최전선에 총알 없이 나간 총알받이 같은 존재였다.

- 일상의 반복이 지겹다고 생각이 되면 가끔 하늘의 해와 달과 별을 보자. 만약 해와 달과 별이 그들의 반복된 일상을 포기한다면 우리는 존재할 수 있을까? 고로 자리 잡고 산다는 말은 사회의 일원으로 독립된 존재로 자신만의 공전궤도와 자전주기를 가진다는 의미. 마치 배고프면 먹고 피곤하면 자는 그런 속박되지 않는 자유로움이란 바로 일상의 반복 속에 있음을 깨우치는 그런 기쁨. 그것이 바로 축복이자 행복.

오그라든 손과 교민 사회

무에서 출발하는 이민이었기에 허리띠를 졸라매고 체면이고 감정이고 다 접어 둔 채, 뒤도 안 돌아보고 그저 앞만 보고 살아온 이민자들의 생활이었습니다. 그래서 그런지 요즘은 대부분의 교민들의 사는 모습도 예전에 비해 훨씬 안정되고, 가지 못해 한이 맺혔던 고국 방문도 이제 시간이 없어서 그렇지 마음만 먹으면 가능할 정도로 자리를 잡았습니다. 하지만 어느덧 변해버린 세상과 이해할 수 없고 따라갈 수 없는 세대의 차이에서 격세지감과 불안함을 느끼는 사람들이 꽤 있을 것 같은 느낌이 들기도 합니다.

이제는 누구나 어려웠던 이민 초창기 시절에서 재력이 많고 적음을 떠나 어느 정도 자리가 잡힌 이민 사회입니다. 어찌 보면, 초창기 시절부터 한 푼이라도 모으자고 움켜쥐며 추구하고 이루어 온 부와 안녕 때문인지도 모릅니다. 그러기에 타인에 대한 배려와 나눔이 손해로 느껴지고 그런 행동이 어리석게 느껴질 수 있다는 생각을 합니다. 가끔씩 인색한 이민자를 보면, 이민 초창기 시절의 고생이 마음의 문을 닫게 만든 것은 아닌가 생각도 듭니다. 자신은 베풀지도 못하면서 받기만을 바라고, 때로는 타인의 무성의가 인색하다 탓하면서, 연륜에 비례한 대우와 대접만을 바라는 이민 1세의 모습에서 왠지 한국인의 병적인 모습이 느껴지기도 합니다.

나는 그 모습에서 성경이나 불교이야기에서 들어온 펴지지 않는 오그라든 손과 그 손을 펴는 기적 같은 이야기가 생각이 납니다. 펴지지 않는 오그라든 손이 장애라면, 열 수 없는 오그라든 마음 또한 인격의 장애일 것입니다. 내가 사는 이곳에서 자연스럽게 손을 펴고 마음을 여는 성경과 불교의 이야기 속의 기적 같은 모습이 문을 열고 손을 펴는 평범한 일처럼 당연하게 일어난다면, 이민사회나 한국사회나 어디나, 좀 더 성숙하고 안정된 사회가 되지 않을까 생각이 듭니다.

묵선선사가 단파의 한 절에 있었을 때의 일이다. 한 신도가 스님을 찾아와, 자기 부인이 부자이면서도 몹시 인색하여 사람들에게 도무지 베풀 줄도 모르고, 동전 한 닢도 아까워서 쓰지 못한다는 하소연을 했다. 그래서 하루는 스님이 그 부인을 찾아갔다. 그리고 면전에서 한쪽 손을 꽉 쥐어 보였다.

"선사님, 그게 무슨 뜻입니까?"

부인이 의아해하며 묻자, 선사가 대답했다.

"가령 제 주먹이 이렇게 꽉 쥐어진 채로 영원히 그대로 있다면, 부인께서는 뭐라고 하시겠습니까?"

"그거야 물론 기형이지요."

그러자 묵선선사가 다른 손을 펴 보이며 다시 물었다.

"그럼 주먹이 이렇게 펴진 채로 다시는 오그라지지 않는다면, 어떻게 말씀하시겠습니까?"

"그것도 역시 기형이지요."

그러자 선사가 이렇게 덧붙였다.

"바로 이 점을 깊이깊이 이해하시면, 아주 어질고 현명한 내조자가 되실 것입니다."

이 말을 들은 부인은 그 후로 아주 융통성 있는 사람으로 변하여, 현모양처가 되었다. 그리고 절약도 할 뿐 아니라, 남에게 베풀 줄도 알게 되었다.

예수께서 다시 회당에 들어가셨는데 마침 거기에 한쪽 손이 오그라든 사람이 있었다. (중략) 예수께서는 손이 오그라든 사람에게 "일어나서 이 앞으로 나오너라" 하시고 (중략)

손이 오그라든 사람에게 "손을 펴라" 하고 말씀하셨다. 그가 손을 펴자 그 손은 이전처럼 성하게 되었다. (막 3: 1-5)

영원히 끝내지 못할 글

21세기가 시작한 무렵, 그러니 갓 넘은 40대 초반 때의 이야기지요. 한번은 이곳 파라과이에 한국의 유명한 신부님이 오셔서 피정을 하던 중 그 신부님의 말씀에 성경에 나오는 99마리의 양과 한 마리의 양(길 잃은 양 한 마리를 찾아 99마리 양을 놓아두고 찾으러 간다는 비유) 중에 그 한 마리 양이 곧 '나'라는 말씀을 듣고 확실하지는 않지만 무언가 깨우친 적이 있습니다.

그전에는 그 비유가 마치 선택받아야 하고 그리고 남보다 잘나야 한다는 그런 뜻인 줄 알았지요. 그래서 남보다 유별나게 잘나지 못한 나는 항상 나 자신이 선택받지 못한 outsider나 이방인으로 생각하며 살았는데, 그 이야기가 제 머리를 불현듯 스치고 지나가며 깨달음으로 와닿는 것이었습니다.

혹시 그 비유가 지금까지 내가 살아온 40년이란 세월과 앞으로 살아가야 할 세월이 나를 찾는 긴 여정의 목적이 아닌가 하는 의문과 99 마리의 양 모습은 타인이란 자신의 거울이 아닐까 하는 그런 화두 말입니다.

생각해보니 예전에 읽은 『천수경』이란 책에도 그 책 쓰신 스님이 청산림의 깊은 골짜기의 토굴에서 면벽 수도 중에 무언가 깨우치고 주위를 둘러보니 자기 주변에 거울이 다 없어졌다는 이야기가 나옵니다.

얼굴에 이상이 느껴지면 거울을 먼저 보듯이 나의 존재도 타인에게서 확인하는 건 아닐까 하는 생각이 듭니다. 그래서 타인은 나의 거울이라 하는지도 모르지요. 눈이 있어 모든 주변 사물을 볼 수 있어도 그 중심에 있는 자신의 모습만은 꼭 비추어야만 볼 수 있듯이 말입니다.

때로는 삶의 고통의 원인이 타인에게 비추어진 허구의 자기 자신, 타인의 눈에 비쳐지는 자신만을 찾기 때문이란 말도 있습니다. 그러다 보니 자연히 없으면서도 있는 척해야 하고 못 알아먹어도 이해한 척해야 하며 모르면서도 아는 척, 착하지도 못하면서 착한 척, 못하면서도 잘하는 척, 무식하면서도 유식한 척, 약하면서도 강한 척, 불행하면서도 행복한 척하는 거짓과 아집으로 헛된 나를 만드는지도 모르지요.

때로는 길다 짧다, 있다 없다 그리고 크다 작다가 다 상대적인데도 타인의 기준에 맞추고 비교하며 그것이 마치 절대적인 양 착각하여 나 자신과 나의 행복을 잃어가며 '헛되고 헛되다. 세상만사 헛되다'를 읊어대는지도 모르지요.

그 후로 저는 거울 깨는 연습을 하며 삽니다. 그렇다고 인간관계를 파탄 내고 혼자 외롭게 산다는 것은 아니고, 화목하게 지내되 휩쓸리지 않고 자신의 중심을 지키며 '화이부동' 하며 사는 연습 말입니다. 하지만, 그런 연습이 오히려 집착되어 실제로는 또 다른 수많은 거울을 만들며 사는지도 모르지만 거울을 깬다는 의미는 고정관념이나 환상을 깨고 그 실체를 깨달아 오히려 더욱더 인간적인 모습의 솔직한 나를 이해하고 싶은, 그래서 진정으로 행복하게 살고 싶은 의도가 아닐까 생각이 듭니다.

그래서 잘 사는 것이란 채우는 삶이 아니라 비우고 비우는 삶이 되어 발걸음도 가벼운 삶이었으면 합니다. 그리고 훗날 되돌아보았을 때 후회 없이 살았노라며 웃으며 떠날 수 있는 그런 삶이 되고 싶을 뿐입니다.

강아지와 나

　자신은 파라과이에서 태어났지만 태어난 이곳보다 한국이 더 좋고 한국인이라고 말하던 막내가 한국에 대학 진학을 위하여 떠나고, 아내도 막내의 입학을 위하여 한국에 나간 지 벌써 보름째입니다. 생각 같아서는 모든 가족이 떠나지 않고 나름대로 자리 잡은 이민 생활에서 옹기종기 모여 살갑게 살았으면 좋으련만 현실은 그리 호락호락하지가 않습니다.

　혼자서 가게를 보자니 스트레스가 이만저만이 아닙니다. 힘들기보다는 창살 없는 감옥에서 하루 종일 벌을 서고 있다고 할까? 앞으로 한 달 이상을 이렇게 살아야 하니 막막하기만 합니다. 일이 끝나고 커다랗고 썰렁한 집에 도착하여 문을 열고 들어가자면 찬바람이 휑하니 얼굴을 스치고 지나가는 느낌이 듭니다. 그리고 집에 있는 가정부 아줌마도 자기 방에서 다리미질을 하는지 티브이나 보는지 있으나 마나 얼굴 보기가 힘듭니다. 거기다 주말에는 집으로 가버리니 주말에는 더욱더 썰렁하기 그지없습니다.

요즘 집에 들어가면, 나를 반겨주는 것은 '애기'라고 부르는 요크셔테리어종의 암놈 강아지밖에 없습니다. 애들이 크고 나서 썰렁한 집 안 분위기에 강아지나 한 마리 키우자고 아내와 의기투합하여 산 강아지입니다. 그래서 그런지 우리부부는 애기를 거의 딸처럼 키웁니다. 그 이유 때문인지 애기는 자신이 개가 아니라 사람이라 생각하는 것 같습니다. 밤이면 자신의 의무인 집 지키는 일과는 거리가 멉니다. 날이 어두워지면, 지가 먼저 우리 방에 들어가 잘 준비를 합니다. 잘 준비를 하는 애기에게 아내는 밤마다 대화를 걸어줍니다. 그러면 애기는 정말 자기가 사람이나 된 듯, 신기하게 옹알이를 합니다. 하지만 그 옹알이도 아내가 아닌 다른 식구에게는 절대로 안 합니다.

일을 끝내고 집에 도착하면 썰렁한 집에 갇혀 있던 애기는 나를 보자마자 반가워 몸을 빙빙 돌립니다. 그러다 안아주려 하면 오줌을 사방에 지려 놓습니다. 그래서 아무리 반가워도 처음에는 만져줄 수가 없습니다. 그리고 애기는 부모와 떨어져 본 아이처럼 집 안에서 온종일 내 뒤만 졸졸 쫓아다닙니다. 때로는 그런 애기를 두고 밖에 나갔다 애기 걱정에 집에 일찍 돌아오곤 합니다.

혼자 있으면 가장 귀찮은 게 저녁밥 먹는 일입니다. 가정부가 해주는 국적 불명의 음식과 아내가 해놓고 간 밑반찬이나 곰국이라는 것도 며칠 지나면 때깔이 누래지는 것이 입맛이 당기지가 않습니다. 거기다 혼자 먹는 분위기란 정말 먹는 재미마저 고역으로 만들어 버립니다. 솔직히 나는 음식을 할 줄을 모릅니다. 그 쉽다는 밥 짓기조차 하지 못하고 하는 것이라고는 겨우 계란 넣고 라면 하나 끓일 줄 압니다. 하지만 요즘은 라면과 계란조차 건강을 생각해 먹지를 않습니다. 어려서부터 부모와 같이 지내고 결혼해서는 아내가 해주는 밥만 먹어서 그런지 밥할 기회가 없었다고 핑계를 대 봅니다. 그리고 어려서부터 남자는 부엌에 들어가면 안 된다고 배우고 자란 탓도 있을 듯합니다. 그러니 요즘 생각하는 것이 아내가 해준 따듯한 밥과 김치찌개나 된장찌개입니다.

저녁을 대충 때우고 조용한 거실의 소파에 앉아 잠자기 전까지 남아 있는 3~4시간을 무엇으로 때울까 생각도 많지만 다음 날 아침 일찍 일어나 가게 문을 열 생각을 하니 집 밖에 나가 사람을 만나 술 한잔할 여유도 없을뿐더러, 그렇다고 유별나게 하고 싶은 것도 갈 곳도, 만날 사람도 없습니다. 예전 같았으면 지인들을 불러 노래방이라도 갔을 것인데 요즘은 쉽게 회복되지 않는 몸 컨디션과 음주운전 단속으로 그곳도 가지지가 않습니다.

예전에 한동안 지인들과 같이 어울려 노래방에 자주 간 시절이 있었습니다. 그 당시, 그곳에서 아내가 주로 불렀던 18번 노래는 〈선녀와 나무꾼〉이라는 노래였습니다. 그 노래를 부르면 주위에서 어떻게 우리 부부가 마님과 머슴의 분위기를 닮았냐고 웃으며 한마디씩 합니다. 언제나 깔끔하고 우아한 차림으로 다니는 아내와 일 년 열두 달 매일같이 면바지와 운동화 차림으로 돌아다니는 나의 모습을 비교하여 나오는 말일지도 모르겠습니다. 듣는 아내의 입장에서는 자신을 선녀와 비교해주니 기분 좋은 소리인지 모르지만 듣는 나로서는 내가 마치 머슴이라고 놀리는 분위기 같아 속으로는 별로 기분이 좋지 않습니다. 그러다 집에 돌아와서 내가 머슴이냐고 시비 걸다 부부싸움으로 이어지기도 하였습니다. 지난 후에 생각해보면 아무 일도 아닌 것을, 그 당시에는 왜 그렇게 자존심이 상했었는지…….

그러고 보니 강아지 애기도 왠지 의기소침하여 어느새 슬그머니 내 옆에 다가와 앉아 있습니다. 그놈도 꽤나 심심한가 봅니다. 그러고 보면 강아지나 나나 하나의 공통점이 있는 것 같습니다. 너나 나나 주인마님에게 잘 길들여져 있다는 그런 우스운 생각 말입니다.

덧붙이는 글:

종합문학지 계간 《문학의강》 제8호에 실린 글입니다.

남미에서 겪은 문화적 충격

　내가 이민사회의 자유 또는 문화적 마찰에서 생긴 이야기를 들려 달라는 부탁을 받았을 때, 외국의 실상이나 이민의 현실을 경험하지 못한 한국의 사람들에게 무엇이 가장 궁금할까, 그리고 무슨 솔직한 이야기를 해줄까, 또한 이제는 어렴풋하게만 기억나는 이민 초창기 시절의 애환이나 충격 중에 무엇이 가장 컸을까, 그리고 요즘 이민을 갓 나온 사람들이 느낄 만한 문화적 충격은 무엇일까 곰곰이 생각해 보았습니다.

　문화적 충격이나 갈등을 곰곰이 생각해보면 수많은 것이 있을 수 있습니다. 인종차별, 텃세, 언어와 소통, 관습과 문화의 차이, 사고방식의 차이 등등……. 그중에서 가장 큰 충격의 하나를 선택하라면 남자 된 나의 입장에서는 단연코 그리고 솔직히 성(性)문화의 차이라고 할 것만 같습니다. 왜냐하면 다른 문화나 사회적 차이 때문에 오는 문제들이야 시간이 어느 정도 흐르거나 친숙해지면 자연스럽게 해결이 되는 문제지만, 후자는 인간의 이성으로 해결될 수 없는 만치 한 가정이나 인간을 파멸할 만큼 강력한 원초적인 욕망의 문제라고 생각되기 때문입니다.

한국을 떠나기 전 나는 풋내기 고등학생으로 사춘기를 보내다 이곳에 왔습니다. 사춘기 시절, 얄개 영화를 보고 강철수 화백의 만화를 어깨 너머 훔쳐보면서, 한편으로는 까까머리 교복의 학생과 단발머리 여고생의 플라토닉한 첫사랑을 동경하였습니다. 그래서 나는 이민을 가기 전에 첫사랑을 만들자고 결심하곤 했지요. 이민을 가서는 힘든 이민생활 속에 가끔 가상 속의 그녀에게 편지를 쓴다든가 아니면 나를 기다릴 것만 같은 그녀만을 위히여 열심히 공부하고 돈 벌이 금의환향하여 돌아오자 마음먹었는지도 모릅니다. 또 떠나기 전날 밤에는 그녀의 집 앞에서 처음이자 마지막으로 그녀의 손을 잡아본다든가 아니면 영원히 못 잊을 첫 입맞춤이라도 해보았으면 좋겠다는 가당치 않은 상상을 하곤 하였습니다. 그리고 다음 날 나는 김포공항에서 눈물도 참은 채 비장한 모습으로 비행기를 타는 모습을 꿈꾸고는 하였습니다. 하여간 나는 아무 꿈도 못 이룬 채 눈물을 머금고 비행기를 타고 이곳에 왔습니다. 생각해보면 한국에서의 어린 나는 성에 대해 순진하다 못해 무지하였습니다.

이곳에 살면서 느끼는 남미의 혼혈문화는 완전한 서구문화도 아니면서 한편으로는 원주민 피를 이어받아 어딘가 모르게 동양적인 것에 호의적인 모습으로도 다가옵니다. 그래서 그런지 동양인에 대한 호기심과 친절 그리고 그들의 일상적 스킨십이 마치 성적 유희처럼 순진한 동양인 소년의 마음을 흔들리게 하였습니다. 남미 처녀의 모습은 볼륨 있는 육체에 머리숱이 많고 얼굴은 윤곽이 뚜렷하고 어딘가 동양인 느낌이 나는 모습에 긴 눈썹과 큰 눈 그리고 뚜렷한 쌍꺼풀이 인상적이고 매혹적입니다. 거기다 뜨거운 날씨의 탓이라고 할까 속살이 다 드러나는 짧은 옷과 꼭 끼는 관능적인 옷들을 주로 입고 다닙니다. 거리에는 젊은 남녀들의 애정표현이 야하다 못해 새로 온 이민자의 눈을 휘둥그레지게 만들지만 다른 이들은 어느 누구 쳐다보지도 않습니다. 신문과 방송에는 반라의 미희들이 거리낌도 없이 버젓이 기사면과 화면을 장식합니다. 거기다 대도시의 개방적이고 야하디야한 밤 문화는 이민자의 밤잠을 잊게 만듭니다. 하지만 그것에 비례하여 동양인 이민자가 범죄나 사고에 더 많이 노출되게 하는 요인이 되기도 합니다.

남미에서는 원주민 문화의 모계사회를 닮아서일까 아니면 세계화의 폐해라 할까 날이 갈수록 결혼이라는 개념이 희박해지는 것이 처녀가 아이를 임신해도 주위에서 축하해주는 진풍경이 벌어지고는 합니다. 그만큼 남미에서는 성에 관한 한은 어디 못지않게 노골적이고 개방적입니다. 그런 문화의 차이가 어린 나이에 이민 나온 나에게는 가장 큰 충격이었다고 기억이 됩니다. 하지만, 다행히 이곳에서 태어난 나의 두 아들은 솔직하고 대담한 성문화와 교육 때문인지 그런 모순을 더 이상 겪지 않는 것 같습니다. 오히려 솔직하고 자연스럽게 성에 대해 알아가는 느낌입니다.

한동안 이곳에도 세계적 한류열풍을 타고 공중파 방송에 한국의 드라마가 방송된 적이 있습니다. 하지만 문화적 한류열풍을 일으키지도 못한 채 일회성으로 끝나고 만 느낌입니다. 어찌 보면 남미에서 한류 드라마가 성공 못 한 이유가 은유적 사랑의 표현을 지향하는 동양적 성문화와 개방적이고 솔직한 표현을 지향하는 남미인들의 뜨거운 애정 표현 방식의 차이가 분명 이들에게 지루하고 이상하게 느껴졌을 것만 같습니다(하지만 요즘은 한류 드라마가 나의 예상을 뒤엎고 인기가 너무 좋습니다).

세월이 흘러 그런 문화적 차이는 더 이상 충격으로 다가오지 않습니다. 아니 오히려 낮과 밤의 문화가 확실하게 다르고 배꼽 밑의 인격은 묻지를 말라고 하는 그런 이중적인 한국의 성문화가 오히려 이상해 보이기까지 합니다. 하지만 이제 한국의 밤 문화가 역으로 대도시의 이민사회에 흘러 들어와 서구적 성문화에 질리고 식상한 이민자들의 밤 문화와 욕망을 흔들어 놓기도 한다 합니다. 어느 2세는 한국식 밤 문화를 접한 후, 남미의 성문화가 이제 짐승처럼 느껴진다고 합니다. 생각해보면 얼마나 많은 이민자들이 또다시, 그 문화적 차이와 충격에서 벗어나지 못하고 원초적 욕망을 찾아 엉뚱하고 다른 길을 방황하고 헤매고 있을까 궁금합니다.

그리고 보면 내가 사는 이곳은 너무나 시골스럽다 못해 촌스럽습니다. 6시에 일어나 7시에 가게 문을 열고 4시에 문 닫고 돌아와 운동을 하고 밥 먹고 9시면 길가가 조용하고 캄캄해집니다. 그러면 목욕하고 잠잘 준비를 하는 것이 매일의 일상입니다. 그래서 타지에서 온 사람은 조용한 이곳이 하루 이틀은 좋다 하지만 며칠만 지나면 심심하고 좀이 쑤셔 미칠 지경이라고 합니다. 만약 어떤 새내기 이민자가 나에게 어떻게 심심한 파라과이 이민생활을 견디냐 물어본다면 이민 선배로서 알쏭달쏭 이렇게 4차원적인 대답을 해주고 싶을 뿐입니다.

"나는 일찌감치 내려놓았는데, 그대는 아직도 안고 있는가?"

덧붙이는 글:

《수필계》제7호에 실린 글입니다.

욕망 교육

　인류를 존속시키고 세상을 지배하고 역사를 발전시킨 근본적인 힘은 무엇일까요? 나는 욕망이라 생각합니다. 가난한 생활에서 벗어나 부자가 되고자 밤과 낮을 노력하고 수고하게 만든 것은 무엇이었을까요? 나는 욕망이라 생각합니다. 더 잘살아보려는 노력, 더 잘해보려는 노력, 더 나아지려는 노력……, 그 노력의 원천에는 무엇이 있을까요? 나는 그곳에 욕망이 있다 생각합니다.

　욕망은 누구나 가지고 있습니다. 인생에 있어 성공과 실패의 가름은 욕망의 활용에 있다고 나는 생각합니다.

　이민사회의 대다수의 부모는 자식에게 근검과 절약을 미덕으로 가르치려 합니다. 하지만 나는 아닙니다. 오히려 유명한 것, 비싼 것이 좋다며 이왕이면 좋은 것 사고 비싼 것 먹으라고 욕망을 충동질해 댑니다. 왜냐하면 나는 세상을 욕망으로 가득 찬 곳으로 보기 때문입니다. 그런 곳에서 절약과 근검이 미덕이라고 가르치는 것은 자식에게 성인군자 아니면 바보가 되라고 가르치는 비현실적이고 기만적인 것이라 생각하기 때문입니다.

아무리 맛있는 것도 한 인간이 먹을 수 있는 양은 한계가 있습니다. 오히려 욕망을 자극해 욕망의 허무성과 한계를 일찍 깨달아 궁극적으로 그것의 중독성에서 벗어나게 해줘야 한다고 생각합니다. 그러므로 내 생각에는 욕망의 절제와 수위 조절을 할 수 있는 능력을 어려서부터 키워주는 것이 더 효율적이라 생각합니다. 매도 먼저 맞은 놈이 낫다 하지 않던가요? 그래서 생각 끝에 만들어 준 것이 크레디트카드입니다. 하지만 그들은 아직껏 한 5년간, 그것의 사용을 남용한 적이 없어 나는 고맙고 다행으로 생각합니다.

나에게 있어 욕망이란 채우면 채울수록 커져가는 그릇 같은 개념입니다. 마치 채우면 곧바로 비워지는 영원한 허무이고 먹으면 먹을수록 늘어나는 위장 같은 것입니다. 그리고 만족하면 다음 날 또다시 찾아오는 허기이고 영원한 배고픔 같은 것입니다. 마치 힘들게 도달하면 다시 굴러 내려오는 영원한 시시포스의 저주같이 행복과 불행, 만족과 불만, 고통과 평화를 반복하며 하나가 있어 또 다른 한쪽이 존재한다는 상대성을 이해해보고 느껴보는 것이 나의 욕망 해소 방식입니다.

욕망의 관점에서 본다면 세상은 공평한 곳입니다. 생각해보세요! 젊어서는 돈이 없어 욕망을 누리지 못했습니다. 그리고 그 욕망의 충족을 위하여 얼마나 많은 시간과 행복을 희생하며 노력하였습니까? 그리고 나이 먹어 물질적 여유가 생기니 이제 즐길 힘과 소화할 능력이 없어 욕망을 제대로 누릴 수가 없습니다. 그리고 보면 어느 누구도 영원히 만족할 수 없다는 의미에서 인생은 공평한 것입니다.

그리고 나는 욕망의 중독성을 경계합니다. 예수가 광야에서 사십 일 금식 후 악마로부터 겪은 유혹은 그 욕망의 수준과 진화 그리고 그 중독성의 심각성을 경고하는 좋은 비유라고 생각합니다. 빵으로 표현되는 잘 먹고 잘살고 싶은 일차적이고 본능적인 욕망에서 시작하여, 이차적인 권력욕과 지배욕 그리고 인정받고 싶은 존재욕과 과시욕으로 예수를 유혹한 것을 보면, 분명 도에 지나친 권세욕과 과시욕은 뭇 인간들에게 가장 흔하고 강력한 유혹이자 끝내는 중독된 자를 파멸시키는 것임을 깨우쳤기에 두려워하는 탓입니다. 생각해보면 얼마나 많은 군상들이 날개를 달아 태양을 향해 날아간 이카로스처럼 성공과 영광의 문턱에서 추한 욕망의 노예의 모습으로 추락을 하였던가요?

그런 관점에서 세상을 본다면, 현대사회에서 크게 성공했다는 사람들의 공통점은 자신의 욕망을 지배할 수 있는 능력을 가진 반면에 타인에게는 오히려 욕망을 충동질하고 여론을 자신에게 이롭게 선동한 수 있는, 즉 타인의 욕망을 지배하는 기술을 가진 자들입니다.

어찌 보면 세상을 사는 데 가장 필요하고 중요한 교육과 기술은 자신을 욕망의 지배와 노예적 상태에서 해방하여 자신을 욕망의 주인과 지배자가 되게 하는 교육과 기술 아닐까요?

이런 것들이 바로 내가 내 자식에게 가르쳐주고 싶은 욕망 교육의 핵심입니다.

종업원 이야기

내가 한국인이라 그런지 많은 물건을 한국에서 주로 수입하여 매장에서 팝니다. 거기다 업종이 여성용품이다 보니 화장품이나 여성 소품이나 남대문 액세서리 등을 주로 수입합니다. 주된 손님인 브라질 사람이나 파라과이 사람에게 생소한 물건을 팔기 위해서는 일단 물건을 파는 판매원들이 그 물건에 대한 정확한 정보를 알아야 할 것입니다. 그래서 우리 가게는 다른 집에 비하여 판매에 대한 인센티브가 많은 편입니다. 말하자면 판매 수에 비례하여 현찰이나 상품을 프리미엄으로 주는 것이지요. 그래서 우리 종업원들은 대부분 한국제 샴푸에서부터 기초 화장품 그리고 색조화장품에서 남대문 액세서리까지 다 한국제를 쓰고 있습니다. 그러므로 그녀들이야말로 k-beauty를 남미에 알리는 최전선의 전도사들입니다.

맨 처음 들어와 일을 시작하는 여자 종업원들의 외모는 거의 다 촌티 나는 모습입니다. 하지만 한국제품을 쓰고 어느 정도 시간이 흐르면 촌티가 벗겨지고 세련되어가기 시작합니다. 그리고 세련되어가는 외모와 비례하여 그녀의 자존심도 한층 더 높아지는 느낌이 듭니다. 때로는 한두 달 일하고는 더 나은 자리의 직장으로 자리를 옮기기도 해서 배신감에 나를 열 받게 만들기도 합니다. 그래서 일 잘하는 종업원은 최저임금 외에 많은 특별 수당을 주어야 하는 부담도 있습니다.

가끔 젊은 아랍 사람들이나 원주민 사내들이 가게에 자주 오고 꼬일 때도 있습니다. 물건을 사러 오는 것이 아니고 종업원 꼬드기러 오는 놈들입니다. 그럴 때는 따끔히 경고를 주지만 역부족인 것 같습니다. 그저 해고할 시기를 찾을 뿐입니다. 바람난 종업원이 결혼도 안 하고 동거를 한다거나 임신을 하기도 합니다. 우습게도 이곳이 모계사회인지 미혼녀가 임신해도 축하해주는 진풍경이 벌어지기도 합니다. 그리고 이곳에서는 의외로 미혼모들이 많습니다. 그래서 그런지 이곳에서는 남자가 죽으면 몇 년간 상속문제로 재산이 동결됩니다. 아마 어디서 나타날지 모르는 혼외 자식을 위해서 그러는 것 같습니다. 어찌 보면 남미의 마초 같은 배려라고 생각됩니다.

파라과이에서는 임신한 종업원은 법으로 해고가 금지되어 있습니다. 그리고 출산 전부터 출산 후까지 거의 몇 개월간의 유급휴가를 주어야 합니다. 만약 임신이 아니면 소문 나쁜 종업원은 이유를 따지지 않고 그날로 가차 없이 퇴직금을 정산해주고 내보냅니다. 결근이 잦은 바람난 종업원이나 도벽이 있는 종업원은 매장의 분위기를 나쁘게 만들어 사업에 굉장히 악영향을 주기 때문입니다.

가게에 종업원이 많으면 나름대로 텃세가 발생합니다. 오래된 종업원을 중심으로 하나의 권력이 생깁니다. 그녀에게 미움을 받는 종업원이나 때로는 능력 있는 종업원이 왕따를 당하기도 합니다. 때로는 자신들보다 미모가 빼어나거나 월등히 우수한 새로운 종업원이 들어오면 그녀는 왕따가 되어 며칠을 견디지 못하고 내쫓기다시피 일을 그만두게 합니다. 하지만 그 왕따라는 패악질도 지나치고 오래가면 나의 입장에서 제거의 대상이 될 수밖에 없습니다. 남자인 입장에서는 정말 안타까운(?) 현상입니다. 아마 옛날 수많은 궁녀들을 거느린 제왕들의 심정이 이러지 않았을까 추측해봅니다.

그동안 최전방의 야전사령관처럼 매장에서 직접 손님을 상대하고 종업원을 다루며 일하다 이제 사업장이 커지며 사무실에 앉아 일을 봅니다. 이제 매장의 관리는 큰아들에게 맡기고 오래되고 믿음이 가는 종업원을 지배인으로 앉혀 다른 종업원을 관리하게 합니다. 물론 그 종업원에게 몇 배나 많은 월급과 보너스에 생사권(?)까지 쥐어주며 말입니다. 그래서 그런지 요즘은 가게 종업원의 미모 수준이 예전만 못한 것 같지만, 나름대로 열심히 손님을 붙잡고 설명하며 팔려는 모습이 아주 긍정적입니다. 그러면서 자연스럽게 외모에 대한 나의 편견을 깨는 계기가 됩니다.

솔직히 파트론(빠뜨롱, 주인)의 입장에서 이해를 따진다면 골치 아픈 이런 현상들이, 관찰자처럼 관망할 수만 있다면 이민자의 장사에도 나름 재미가 있고 수많은 에피소드가 되리라 생각합니다. 마치 청춘을 전쟁터에서 보낸 나의 아버지가 죽지만 않는다면 전쟁터처럼 재미있는 곳이 없다고 말씀하신 것처럼 장사하다 망하지만 않는다면 말입니다. 보면 힘들고 가슴 아픈 경험도 시간이 흐르면서 추억이라는 이름으로 기억됩니다.

2014년 시우다드델에스테
옥타(세계한인무역협회) 지회를 창립하며……

　1977년 17세 나이에 개발도상국이었던 조국 대한민국에서 남미 파라과이로 부모님을 따라 이민을 나온 이민 1.5세로서, 이민 초기 약소국 이민자의 돈 없는 서러움과 경제력이 없어 당하는 무시와 차별을 수없이 많이 겪어 보았습니다. 그 경험을 통하여 우리가 아무리 잘나고 착하고 우수한 오천 년의 역사와 문화를 가졌다 하여도 우리에게 경제력이 없으면 우리는 요란한 징이나 소란한 꽹과리에 지나지 않음을 깨달았고 경제력 없이 외치는 애국도 공허하다는 생각을 가지게 되었습니다. 그래서 돈을 벌고 경제력을 키우려고 노력했고 어느덧 경제력이 생겼다 생각했지만 이루고 나니 경제력만으로는 왠지 내가 추구해온 안녕과 행복을 지키기에는 불안하다는 것을 느꼈습니다. 우리는 역사를 통해 제2차 세계대전 당시 유대인의 홀로코스트와 1992년의 LA 사태를 기억합니다. 저는 그 두 역사적 사건의 공통점을 약소

민족의 디아스포라 그리고 정치력을 배제한 경제력의 결과이자 정치적 희생물은 아니었을까 생각합니다(제가 생각하는 정치력이란 좁은 의미로서 정당 활동을 하는 정치 활동이 아니라 자신을 보호하고 지키는 처세이고 생존을 위한 삶의 지혜이고 공존과 공생을 위한 실존적 철학이라고 생각합니다). 그런 경제적·정치적·철학적 이유로 나는 월드 옥타 가입과 델에스테 지회 설립을 추진해 왔습니다.

먼저 월드 옥타 델에스테 지회는 이 지역을 지탱해주는 교포 경제인과 무역인이 주체가 되는 단체로 지역과 모국을 이어주는 창구로 발전시켜야 합니다. 그리고 모국과의 교역 확대를 추진하여 모국경제발전과 교민 경제 활성화에 일익을 담당하고자 노력해야 합니다.

그리고 이제 우리는 전 세계의 한인 사회에 알려진 옥타에 127번째 지회로 가입이 되고 인정을 받으면서 세계의 대도시들과 어깨를 나란히 하며 우리의 존재를 알리고 우리의 가치를 높이는 데 앞장서야 합니다.

또한 우리는 델에스테에 공인된 단체에 최초로 인증된 지회가 됨으로써 이민역사 50년 동안 제대로 된 단체 없는 이 지역에서 대한민국을 대표하는 공관과 우호적이고 협력적 관계를 맺음으로 우리의 권익을 보호하고 지키려 뭉쳐야 합니다.

그리고 전문인의 도움과 고급 정보를 요청하여 좀 더 체계화되고 단합된 모습으로 현지인 사회와 더욱더 적극적이고 효율적인 선린 관계를 맺어 힘 있고 긍정적인 한국인 이미지를 만들기 위해 노력해야 합니다.

더불어 옥타는 자신만을 생각하는 이기적인 단체가 아니라 차세대를 지원해주고 우리 지역과 한국인의 미래를 생각하는 미래 지향적인 단체여야 합니다.

이런 이유들로 월드 옥타 델에스테 지회를 추진하게 되었습니다.

많은 한인 동포 여러분의 관심 부탁드립니다.

남미 그리고 파라과이의
성공적 투자를 위한 단상

　남미에서 살다 떠난 후, 오랜 시간 후에 다시 와본 사람은 30년 전이나 지금이나 별로 변하지 않은 상품이 아직도 팔리고 있음에 놀랍니다. 한국이나 다른 선진국 같으면 벌써 경쟁으로 말미암아 사라지고 좀 더 세련되고 질 좋은 상품으로 변해야 했음에도 아직 시장에서 버젓이 생명을 유지하니 경쟁에 이골이 난 한국의 사업가나 다른 지역의 교포가 와서 보면 남미는 땅 짚고 헤엄칠 만한 손쉬운 엘도라도 황금시장처럼 느껴집니다. 하지만 와서 사업을 하고 동업하다 보면 적잖은 텃세와 사기에 끝내 판 한 번 제대로 펴보지 못하고 슬그머니 모습을 감추는 사람들이 대부분입니다.

　남미는 풍요로운 자연 환경에 비해 착취와 억압의 역사를 지닌 곳입니다. 유럽에서 와 약탈과 착취로 부를 쌓은 기득권이 있는 반면, 삶의 터전을 뺏긴 원주민들이 있고 아프리카에서 타의로 끌려와 뿌리를 내린 노예의 후예까지 포함해 사회의 구조를 이룬 곳입니다. 어찌 보면 나름대로 그 구성원들이 자신들만의 거주 지역과 삶의 터전을 만들고 지키고 보호해 온 곳입니다.

필자가 사는 파라과이는 남미의 중심부에 위치한 바다가 없는 내륙국으로 남미의 심장으로 불리며 브라질, 아르헨티나, 볼리비아 같은 대국에 둘러싸여 있습니다. 과거 그 강대국들과 삼국동맹 전쟁으로 남자가 다 죽어 지도에서 사라질 뻔한 위기도 있었지만 콜롬비아의 중재로 나라를 지켰다고 역사에는 기록되어 있습니다. 그러나 야사에는 아르헨티나와 브라질이라는 두 대국이 파라과이가 사라짐으로써 겪게 될 정면충돌을 불편하게 여겨 파라과이를 남겨두었다는 설도 있었습니다. 어찌 보면 파라과이는 우리와 비슷한 지정학적 완충 지역입니다. 그 후로 파라과이 여성들의 억척같은 삶으로 파라과이는 다시 나라 같은 모습을 갖추었다 합니다. 그래서 파라과이는 모계사회로 느껴지고 외세에 대한 차별은 아니지만, 보이지 않는 배척과 텃세를 느끼게 됩니다.

최근 정보에 의하면 파라과이는 50여 개의 가문이 정재계를 지배하고 있다고 합니다. 언젠가 초대받은 현지인의 화려한 결혼식은 파라과이의 모습이 아니라 마치 영화에서 보는 그런 화려한 모습이었습니다. 거기다 초대받은 수많은 사람들은 서로가 사돈의 팔촌 식으로 얽히고설켜 있는 것으로 봤을 때 소수의 가문이 이 나라를 지배하고 있다는 것을 확신할 수 있었습니다. 그렇다면 그런 환경에서 서로를 보호하며 자신의 위치를 위협하는 외세의 침입과 경쟁에 교묘히 텃세를 부리고 쉽게 풀 일도 어렵게 만드는 것은 당연하다는 생각을 하곤 합니다. 그리고 그렇게 서로 보호받는 상황에서 구태여 큰돈을 투자해 좋은 상품을 개발할 필요도 신소재에 투자할 이유도 그리 없는 것 아닐까요? 아마 그런 추론이 30년 전이나 지금이나 별로 변하지 않은 상품이 아직도 팔리고 있음을 설명해주지 않을까 합니다.

과거 남미의 대부분의 나라들은 친미 정권이었지만, 1980년대의 한국처럼 과격한 민주화 운동을 통한 민주화가 아니라 기득권들만의 리그를 통한 정권 교체로 권력의 독재화에서 자본의 독재화로 이어진 게 아닐까 합니다. 하지만 아이러니하게도 그런 정치적 환경에서 대부분의 남미 대국이 좌파적이고 반미적인 것에 비해 파라과이는 아직 반공주의를 표방하고 친자본, 친기업적이고 친미적이라는 것이 우리 한국인 기업들에 가장 매력적으로 다가오는 것이 아닐까 합니다. 거기다 내륙국인 파라과이는 생산보다는 수입에 생필품을 의존하는 나라이니 질 좋고 가격만 좋고 서비스만 좋으면 시장 진입하기도 다른 남미나라에 비해 손쉬운 편입니다. 하지만 보이지 않는 텃세와 시기도 잊어서는 안 되지만 이 나라의 체제를 불안하게 하고 구조를 위협하는 어설픈 행위도 금물입니다.

현재 한인 교민수가 5천 정도인 파라과이는 1962년 수교 이래 지금까지 약 25만 명의 한인이 파라과이를 거쳐 가며 미주지역뿐만 아니라 전 세계 이민 진출의 교두보 역할을 하였습니다. 거기다 1990년대 초 일본 제품에 밀려 알려지지도 않았던 삼성과 엘지의 전자제품이 이곳 파라과이를 통해 브라질과 남미 전체 시장에 알려지게 한 한국 제품의 남미 진출을 위한 교두보이기도 합니다.

특히 2015년은 지난 1965년 농업이민 선발대 10세대가 아순시온 항에 도착한 이래 한인 이주가 시작된 지 50주년이 되는 뜻깊은 해로 이를 특별히 기념하기 위해서 파라과이의 카르테스 대통령께 요청해서 한인들이 파라과이에 최초로 도착한 4월 22일을 파라과이 대통령령으로 '한국의 날' 국가기념일로 지정하도록 하였습니다. 50년 전 배를 타고 온 농업 이민으로 시작하여 1970년대 외화를 벌기 위하여 이민을 나온 세대, 1980년대 부동산 붐 이후의 이민자들이 수많은 시행착오 및 비싼 수업료 등의 대가를 치르며 피와 눈물과 땀으로 만든 남미 이민 사회라고 생각합니다. 그래서 그들의 경험과 결실은 소중한 것입니다.

이제 대한민국은 남미 시장 진출을 성공시키기 위해 새로운 장기 이민정책이 필요하지 않을까 합니다. 과거와 같이 일시적인 현상으로 이민자가 몰리고 뜨내기 장사꾼이 와서 한탕주의로 돈을 벌고 떠나겠다는 투기 심리는 이제 통하지 않는다고 생각합니다.

필자가 생각해보는 새로운 이민 정책이란 남미의 심한 텃세와 배척을 넘어 세대를 거쳐 이루어낸 성공과 현지화되어 현지 사회에서 인정받는 한인 기업과 차세대 인재를 육성하는 것이고, 그것을 통하여 고국의 상품과 기업과 기술과 인력을 진출시키며 남미를 풍요롭고 평화롭게 하는 장기적이고 체계적인 이민 정책이라고 생각합니다.

어차피 좁은 땅덩어리에 많은 인구가 사는 대한민국에 있어 해외 진출이 중요한 수단이고, 넓은 땅덩어리에 풍요로운 환경을 가진 파라과이에 있어서는 대한민국의 우호적인 투자가 절실하다면, 이런 서로의 외교적·정치적 이해관계가 바로 투자가치가 있다는 것 아닐까요?

파라과이와 시우다드델에스테에 대하여

　남미의 심장 파라과이의 가장 동쪽에 위치한 시우다드델에스테 (Ciudad del Este)는 현재 인구와 경제적 위치로 파라과이 제2의 도시로, 수도 아순시온에서 327㎞ 떨어져 있으며, 알토파라나 주의 주도이기도 합니다. 이 도시는 1957년 2월 3일 플로르데리스(Flor de Liz)로 불리다 후에 독재자 스트로에스네르의 이름을 딴 푸에르토스트로에스넬(Puerto Presidente de Stroessner)로 변경된 후 1989년 2월 3일 쿠데타로 독재자가 실각해 동방의 도시, 즉 시우다드델에스테로 지금까지 불리고 있습니다.

　현재 이 도시는 세계적 관광지인 이구아수 폭포로 유명한 브라질의 포스두이구아수(Foz do Iguazu), 아르헨티나의 푸에르토이구아수 (Puerto iguazu)와 3개 국경을 접하고 있으며, 3개 나라 주변 도시 모두 합쳐 약 100만 정도의 인구를 보유하고 있습니다. 또, 이곳에는 브라

질의 상파울루에 전력을 공급하는 세계 제2위의 수력 발전소인 이타
이푸댐도 있으며 종종 이타이푸댐을 볼모로 파라과이와 브라질의 정
치적 협상이 교묘히 이루어지는 곳이기도 합니다.

파라과이와 브라질을 잇는 우정의 다리는 1965년 3월 27일 완공
이 되었으며, 이 다리를 통해 많은 물자는 물론 수많은 보따리 장사꾼
과 관광객들이 국경이라는 지역적 특성과 상대적으로 저렴한 세금 차
이로 싸고 좋은 가격에 상품을 구입하러 다리를 넘어 이 도시에 오고
있습니다. 현재 화물 운송과 유통을 목적으로 제2의 다리를 인근 도시
프레시덴테프랑코(Presidente Franco)에 추진 중이지만 수많은 정치적
이해관계로 아직도 10여 년 이상 건설 계획이 잡히지 않고 있습니다.
하지만 다리가 건설되면 또 다른 부동산 붐이 일어나지 않을까 예측합
니다.

시우다드델에스테는 태생부터 상업도시였다고 합니다. 브라질
의 복잡한 경제 구조와 세법, 고물가로 처음부터 밀수가 성행했었고
1990년대에는 브라질인들의 엄청난 구매력에 힘입어 한때 마이애
미·홍콩과 더불어 3대 무역도시로 선정되기도 했습니다. 그래서 그런
지 언제나 두 나라의 정치적 문제로 이 도시의 존폐가 이슈화되고 염
려되기도 했지만, 오히려 해가 갈수록 도시는 번창하며 이제는 과거의
무질서한 밀수와 위조, 보따리 장사의 어수선한 시장의 이미지에서 탈
피하여 멋진 대형 쇼핑건물이 나날이 새롭게 세워지는, 자리 잡은 관
광과 상업도시로 변하려 노력하는 중입니다.

거기다 최근에는 달러화의 약세와 약한 은행 금리로 인하여 이곳의

외국인들, 특히 아랍인들이 오히려 외국에 가져다놓은 자금을 다시 들여와 부동산 투자를 하기 시작하고, 또한 브라질의 높은 세금을 피해 많은 브라질인들이 이곳에 사업체를 옮기고 집을 구입해 부동산도 폭발적인 성장세를 보이고 있습니다.

이곳의 부동산 붐은 1990년대 홍콩의 반환을 시점으로 ㎡당 약 100달러 선의 중심가 변두리 땅값이 2000달러 선으로 폭등하다 남미의 불경기로 다시 정체되고 하락했지만, 2000년대 들어 미국 달러화 위기 이후 다시 부동산 붐이 일어나며 ㎡당 2000~7000달러대로 가격대가 형성되었습니다.

하지만 최근 일이 년 전 시작한 브라질 최악의 불경기로 모든 부동산 거래가 중단되다시피 하였지만 가격은 하락할 기미를 보이지 않고 있습니다. 많은 이가 이 현상을 의아하게 생각하고 있지만 제 견해는 대출이 힘든 열악한 은행 시스템으로 많은 이가 부동산에 돈이 묶여 있을망정 갚아야 할 은행 빚이 없기 때문은 아닐까 합니다. 그래서 그런지 요즘도 유명 호텔과 카지노 그리고 세계무역센터가 세워진다는 뉴스가 들려옵니다.

파라과이 중 특히 시우다드델에스테가 있는 파라나 주는 수많은 브라질 기업과 다국적기업들이 국경 지역의 비옥한 땅을 기반으로 대두 농사에 투자하여 세계에서 손꼽히는 곡창지대로도 발전하고 있으며, 기업들이 파라과이 영토 내에서 재화와 서비스를 생산해 이를 해외로 수출하도록 지원하는 특별제도인 마킬라법을 통하여 값싼 전력과 노조가 없는 착한 파라과이의 노동력을 이용하려 많은 브라질 생산업체는 물론 중국인과 한국인 기업이 이곳에 공장을 차리고 있다 합니다.

이제 이곳에서 25년 정도 수입과 소매 사업을 해 온 교민으로서 제가 느끼는 상업도시 시우다드델에스테의 가장 큰 비즈니스 장점을 말해보고자 합니다.

이 도시의 상권은 상파울루와 같은 대도시같이 상권이 펼쳐져 있는 것이 아니라 반경 500m 정도에 모든 것이 집결되어 있습니다. 그래서 보따리 장사꾼이나 관광객이 짧은 시간과 적은 비용으로 모든 것을 싼값에 구입할 수 있는 만큼, 대도시에 비해 상대적으로 적은 마케팅 비용으로 큰 효과를 낼 수 있는 곳이기도 합니다. 그만큼 이 도시는 다른 남미의 도시에 비교해 경제적 효율성이 높은 도시이며, 브라질 전역에서 이구아수 폭포를 보러 오는 관광객과 남미인을 상대로 브라질 시장과 남미 시장을 향한 쇼윈도 및 상품은 물론 문화전시장과 교두보 역할이 가능합니다. 거기다 잘만 하면 한 상품당 일 년에 100만 단위 이상의 판매도 가능합니다.

그리고 브라질이나 아르헨티나와 같은 대국에 비해 상대적으로 세금과 규제가 적기 때문에 상품 수입이 자유로워 구태여 처음부터 큰 양의 물건 수입이 필요하지 않습니다. 이곳에 사업체를 가진 사람은 최소한의 투자로 다양한 물건을 들여와 반응을 보고 결정하는 것이 가장 지혜로운 방법입니다.

이렇게 글을 쓰다 보니 핑크빛 이야기만 적어 놓은 것 같습니다. 반면에 부정적인 요소도 많이 있겠지만, 최소한 이곳을 사랑하는 사람으로서 이런 생각을 해봅니다.

남미는 풍요로운 환경에 비해 착취와 억압의 역사를 지녀 외세를 거부하는 정서가 있다고 생각합니다. 그런 정서 때문인지 소위 치고 빠지기를 생각하는 투기성 투자나 먹튀 성격의 떠돌이 장사꾼은 이제 자리 잡기 힘들고 끝내는 사회에서 배척당하게 되어 있지 않을까 합니다. 그래서 나는 남미의 성공적 투자를 위해서는 제대로 된 세금과 현지법을 지키는 현지화된 사업체가 필요하고 세대를 거쳐 투자하려는 장기적 안목만이 살아남고 성공할 수 있다는 그런 생각입니다.

2019년 옥타 차세대
남미 통합무역스쿨 개최를 앞두고......

2019년도 옥타 남미 차세대 통합무역스쿨이 제가 지회장으로 있는 파라과이 시우다드델에스테에서 열리게 되었습니다. 1977년 17세라는 나이에 부모님의 손을 잡고 이민을 나온 이민 1.5세로서 그 당시의 열악한 환경에 비교하면 요즘은 정말 세상이 좋아졌다는 것을 느낍니다. 하지만 그런 시대적 차이가 있음에도 불구하고 그 당시 어린 나이의 고생과 방황을 통해 어쩌면 누구보다도 1.5세와 2세들의 꿈과 희망과 바람과 함께 실망과 상실감 같은 심정을 이해하지 않을까 합니다.

21세기는 과학과 산업의 비약적인 발전으로 모든 경계가 무너지면서 공간, 시간, 경계를 넘어 국경이라는 개념마저 무너지고 있습니다. 이제 세상은 서로가 서로에게 영향을 주며 모든 것이 통합되고 융합되는 세상이라고 합니다. 그런데 국경은 사라지지만 오히려 민족이라는 개념은 더욱더 공고해진다 합니다. 아마 그런 현상이 이제 남미의 수도가 아니라 지방의 3개 국경 도시인 파라과이 시우다드델에스테에서 중남미 한인 차세대를 모이게 하고 통합하게 하고 화합하게 하는 통합무역스쿨이 열릴 수 있게 된 현상과 필요성을 설명해 주고 있다고 생각합니다.

이제 그동안 솔직히 느꼈던 남미 통합무역스쿨에 대한 생각과 제가 생각하는 이상적인 남미 통합무역스쿨이 나아갈 방향에 대하여 이야기할까 합니다.

지금까지 지켜본 차세대 무역스쿨의 목적은 차세대에게 창업의 의지를 불어넣어 주고 도전하게 하려는 목적이 아닐까 합니다. 하지만 경제와 창업 강연이라는 주제로 경제 동향, 산업 추세, 하이테크 등의 이해하기 난해한 주제의 강연, 그리고 성공하신 분의 남다른 근성과 열정을 배우기보다는 일반인이 이루기 어려운, 시대에 회자되는 성공, 아이템 등의 어렵고 무거운 주제와 이민 자녀가 알아듣기 힘든 한국어 강연으로 오히려 현실성을 떨어트리고 위화감을 느끼고 결국 포기하게 만드는 것은 아닐까 하는 의문이 듭니다.

저는 창업이란 남이 성공한 것을 따라 하고 모방하는 것이 아니라 자신의 꿈과 이상을 현실로 옮기며 자신만의 길을 가는 것이라고 생각합니다. 그래서 강사진도 차세대와 비슷한 연령대와 중남미를 아는 사람 중에 지금은 큰 성공은 못 했지만, 열정을 가지고 자신의 꿈을 펼치고 용기 있게 사는 강연자의 솔직한 경험담을 들었으면 합니다. 오히려 그런 현실성 있는 강연들과 대화가 차세대에게 동기를 부여하고 도전의식과 공감을 불러일으킬 것입니다.

그리고 또 하나의 방향은 이민 2세 자녀를 둔 부모의 솔직한 관점입니다. 이제 경제적 환경의 변화로 아시아권에 대한 관심이 높아지는 것에 반해 남미는 거리상, 그리고 언어와 문화가 다른 이유 때문인지 한국인의 관심에서 점점 멀어지며 이제 이민자의 유입이 줄어드는 상황입니다. 오히려 불경기의 영향으로 역이민이 늘어나며 교민수가 줄고 오히려 청년들의 군대 문제 등으로 이 사회는 성 비례가 깨지고 있는 상황입니다. 이런 상황에서 2세들의 혼사문제와 정체성 문제가 어느 때보다 중요한 시점입니다. 그래서 필요한 것이 한국인으로서 이민 자녀들이 한민족의 정체성을 찾고, 같은 라틴 아메리카 문화권으로 서로 이해가 편하고 동질감을 느낄 동포 자녀끼리 이루어지는 건전한 교제 문화와 네트워크 형성입니다.

동양에서는 결혼을 두 가문이 합한다 하여 이성지합(二姓之合)이라 불렀고 로마인들은 결혼을 익명의 주주들이 모여 만든 주식회사 sociedad anonima처럼 sociedad conyugal이라 불렀다 합니다. 그 뜻은 동서양이 결혼이라는 개념을 창업만큼이나 중요한 경제적 개념으로 이해했다는 뜻입니다. 그래서 이번 차세대 무역스쿨이 나아가야 할 방향을 확실하게 하였으면 합니다.

먼저 창업 동기를 부여하고 도전의식을 유발하게 하는 비슷한 연령대로 중남미를 이해하거나 살고 있어, 남미 차세대 수준의 한국어로 쉽게 강연할 수 있는 한국인 강연자 찾기와 편안한 대화 같은 강연 프로그램 짜기 그리고 비슷한 문화권인 중남미 한인 청년들의 교류로 국경을 초월하여 서로 한국인이라는 정체성을 찾음과 동시에 실제 경제 영역을 넓히는 결혼을 전제로까지는 아니더라도, 건전한 교제와 인맥을 통하여 그런 가능성을 높이고 나아가 서로 꿈과 희망을 이야기하고 들어주며 서로를 이해하고 공감할 수 있는 교류의 장. 이 두 가지 개념으로 방향성과 가이드라인을 정하고 사업을 추진해 나갔으면 합니다.

이제 중남미 한인사회의 부모님들의 관심과 협조 그리고 젊은 차세대들의 아이디어와 열정 부탁드립니다.

안다는 것 그리고
마음으로 깨우친다는 것......

이제 어느 정도 살 만하다 생각하니 이상한 현상이 나타납니다. 아침에 가게 문을 열면 잠깐 나타나는 현상……. 터질 것 같은 가슴, 불규칙한 심장 박동, 숨이 막힐 것 같은 갑갑함 등등……. 병원을 찾아가도 원인을 모른다고 하고 모든 것이 정상이라 합니다. 단지 신경성이라고 하고 마지막으로 의사는 나에게 정신과 치료를 권합니다.

정신과 치료……. 믿어야 할지 말아야 할지……. 정신에 문제가 있는 것도 아니고 나름대로 세상과 내 자신을 이성적이고 냉철하게 보고 느끼고 생각하며 산다고 자부하는데 무엇으로 치료가 가능할까? 나름 다 아는 문제이거늘 하지만 …… 반신반의를 하면서 용기를 내어 찾아갔습니다.

정신과 의사는 나에게 스페니시를 하냐고 물어봅니다. 대충 한다고 대답했습니다. 그러면서 설명을 해줍니다. 무의식 속에 잠재한 문제를 밖으로 끄집어내어 치료를 한다고 말입니다.

그리고 이제 편안한 소파에 누워 눈을 감으라고 합니다. 심호흡을 크게 몇 번하고 숫자를 센 다음 천천히 기억을 더듬어 과거의 어려운 시절과 고통스러운 기억 그리고 나를 두렵게 하는 사람을 떠올리라 합니다.

힘든 기억을 떠올리려 하니 이민을 나와 갑자기 뒤바뀐 환경이 떠오릅니다. 그래도 그때는 두려움과 기대가 교차하기에 심리적으로는 견딜 만합니다. 하지만 옷 행사를 나가게 되면 가기 싫어 화장실에 들어가 우는 불쌍한 내 어린 시절이 생각납니다. 그리고 돈이 없어 학교도 못 다니고 제대로 또래들과 놀지 못했던 주눅 든 내 모습도 기억이 납니다. 그러면서 자연스럽게 갑갑한 광경이 떠오릅니다. 이민 초창기, 계 파동으로 말미암아 어머니와 아버지가 빚쟁이에게 둘러싸여 수모를 당하는 장면입니다. 멱살이 잡히고 쌍욕과 고성이 들립니다. 집기가 날아가고 가구들이 부수어집니다. 평상시 아끼던 물건들을 너도 나도 가지려 아우성을 칩니다. 그런데 빚쟁이들은 다름 아닌 그동안 우리를 칭찬하고 찾아주며 우리와 친했던 사람들, 부모님을 존경한다 하며 내 아버지 어머니를 아버지 어머니라 부르던 사람들, 형님 그리고 오라버니라 부르던 사람들, 선생님, 사모님으로 부르던 사람들입니다. 갑자기 가슴이 답답함을 느낍니다.

그때 의사는 나에게 무엇을 느끼느냐고 물어봅니다. 곰곰이 생각해 보니 분노가 치밀어 오릅니다. 그리고 돈에 대한 저주와 인간에 대한 혐오와 세상에 대한 증오와 복수심이 느껴진다고 했습니다. 다시 생각을 더듬어가며 다른 아픔을 기억해냅니다. 그리고 이제 나는 부모에 대한 죄책감과 무력함과 저주와 증오와 복수심이 느껴진다고 했습니다. 모두 그동안 의식적으로 무시하고 잊고 지냈던 기억들입니다. 심지어 주위의 사람들에게도 말하지 않은 나의 치부 같은 더럽고 서러운 기억들입니다.

그리고 이제 서서히 현재를 생각하라 합니다. 사랑하는 아내가 있고 든든한 두 아들이 있습니다. 골프장 안에 큰 내 집이 있고 번듯한 사업체도 있습니다. 그리고 나와 함께 수십 년을 같이한 현지인 종업원들, 친구들이 생각납니다. 그리고 부모님의 명예와 쓰러진 집안을 위해 어느 날부터 미친 듯이 한을 토하듯 써가며 만든 내 책이 생각납니다.

그들을 생각하며 무엇이 느껴지냐고 묻습니다. 곰곰이 생각해보니 갑자기 감사함이 느껴집니다. 어찌 보면 그들은 오늘의 나를 있게 만든 사람들입니다. 원망과 저주를 퍼붓고 복수의 칼을 들이대야 할 사람들이 아니라 내가 고마워하고 감사해야 할 사람이라는 생각이 갑자기 듭니다.

그러다 갑자기 웃음이 터집니다. 어떤 막혔던 봇물이 터지듯 주체할 수 없는 너털웃음이 터집니다. 심지어 나를 지켜보고 있을 의사에게 미안할 정도로 웃음이 터집니다. 이제 이루었는데 그 복수심과 증오심을 왜 지금까지 가지고 있어야 하는지 우습기만 합니다.

그러다 갑자기 어린 나의 모습이 생각납니다. 모퉁이에 웅크리고 앉아 눈물마저 사치라고 여기며 분노와 증오와 복수를 생각하는 어리고 겁먹고 무서워하는 나의 모습입니다. 갑자기 웃다가 눈물이 고 입니다. 이제는 달려가 내가 나를 위로라도 해 주고 싶은 생각마저 납니다.

수고했다. 잘 견디어 냈다. 잘했다. 잘 참아왔다……. 이 말들이 내가 나 자신에게 해주고 싶은 말입니다.

의사는 이제 나에게 너의 복수심과 증오는 소멸되고 마음의 상처는 치유됐다고 말합니다. 이제 이 세상 어느 누구도 어느 무엇도 나의 행복과 꿈을 빼앗거나 방해하지 못한다고 말합니다. 그러면서 숫자를 세고 천천히 눈을 뜨라 합니다. 눈을 떠보니 세상이 한층 밝아진 느낌입니다. 의사는 나보고 거울을 보라고 합니다. 왠지 찌그러진 인상에서 한층 펴진 인상입니다. 그리고 가슴속에 뭉친 어떤 것이 떨어져 나간 기분도 듭니다.

생각해 보니 나는 무의식에 증오와 복수의 비수를 지니고 살았었나 봅니다. 마치 어릴 적 열광했던 역사 속의 인물과 이야기들 …… 오자서, 손빈, 한신 그리고 와신상담의 이야기처럼 나는 극적이고 통쾌한 복수극을 꿈꾸며 살았는지 모릅니다. 그러나 그 숨겨진 비수로 오히려 나 자신을 억압하고 찌르고 자학하며 살았는지 모릅니다. 그래서 이제 그 비수를 내려놓으려 합니다. 그런데 내려놓고 떠나보내려하니 왠지 섭섭하고 서운한 느낌도 듭니다. 하지만 돌아가신 부모님도 하늘나라에서 분명 나의 현재를 진정 기뻐해 줄 것이라 생각이 듭니다.

이렇게 나는 내 안에 잠재한 무의식 세계의 여행을 해 보았습니다.

이제 생각으로 안다는 것과 마음으로 깨우친다는 것의 차이를 알 듯 합니다. 자신을 진정으로 사랑한다는 것이 무엇인지 그리고 진정으로 어른이 되고 자신을 안다는 것이 무엇인지 알 듯합니다. 그리고 아내 가 지적했던 분노조절장애의 원인이 무엇인지 그리고 치유가 무엇인 지 이해가 됩니다. 진정으로 신기하고 유익한 경험이었음을 고백하며 2013년 10월 18일의 이 값진 기억을 잊지 않기 위해 그 기억과 상황 을 글로 남겨 두겠습니다.

부록

이구아수 폭포에 쏟아지는
K-뷰티 물결

명세봉

PARAGUAY

박상주 저, 『부의 지도를 넓힌 사람들』(애미, 2018년 출간)에서 발췌

PARAGUAY

"얼마 전까지만 하더라도 해당 제품의 브랜드를 중심으로 물건을 팔았습니다. 그렇지만 지금은 '테라노바'라는 우리 브랜드를 앞세운 마케팅을 늘려가고 있어요. 유명 브랜드 회사들의 파워에 흔들리지 않고 안정된 사업을 하려면 자체 브랜드 파워를 길러야 합니다."

이구아수 폭포에 쏟아지는
K-뷰티 물결

"얼마 전까지만 하더라도 해당 제품의 브랜드를 중심으로 물건을 팔았습니다. 그렇지만 지금은 '테라노바'라는 우리 브랜드를 앞세운 마케팅을 늘려가고 있어요. 유명 브랜드 회사들의 파워에 흔들리지 않고 안정된 사업을 하려면 자체 브랜드 파워를 길러야 합니다."

빠삐용처럼 사는 게 좋을까, 아니면 드가처럼 사는 게 좋은 걸까. 프랭클린 J. 샤프너 감독의 영화 〈빠삐용〉은 주인공 빠삐용과 그의 감방동료인 드가를 통해 인간 삶의 모습을 상징적으로 대비시킨다.

살인 누명을 쓴 빠삐용이 탈출 불가능한 '악마의 섬'에 갇혔다. 빠삐용은 자유를 찾아 끊임없이 탈출을 시도한다. 한번 실패할 때마다 햇빛조차 들어오지 않는 독방에 갇히고, 형기는 자꾸 늘어만 갔다.

반면 드가는 돼지를 키우고 채소도 심으면서 척박한 섬을 사람이 살 수 있는 땅으로 바꿔나간다. 주어진 현실과 타협하고 적응하면서 살았던 것이다.

빠삐용과 드가 두 사람 중 누가 더 행복했을까.

파라과이 시우다드 델 에스테에서 화장품 판매사업을 하고 있는 명세봉(57) 테라노바 사장은 빠삐용보다는 드가의 삶에 더 깊은 공감을 하는 인물이다. 남미의 최빈국 파라과이로 이민을 온 사람들 대부분은 기회만 되면 무덥고 가난한 땅을 벗어나려고 했지만, 명 사장은 일찌감치 이곳에서 눌러살기로 작정을 했다.

현실을 붙잡은 드가처럼

열일곱 살 때부터 가가호호를 방문하면서 옷을 파는 벤데 행상을 시작한 명 사장은 이후 식당과 식료품점, 옷가게, 액세서리점 등 여러 사업을 전전한 끝에 파라과이 유일의 미용제품 전문 쇼핑센터인 '테라노바'를 일궈냈다. 테라노바는 화장품과 액세서리, 샴푸, 비누, 세제, 주방용품 등 500여 개 품목을 취급하면서 연간 700여만 달러의 매출을 올리고 있다.

명 사장은 세계한인무역협회(OKTA)의 시우다드 델 에스테 지회장을 맡아 한국인 사업가들 사이의 협력과 친목도모에도 앞장서고 있다. 40년 가까운 파라과이 이민생활의 소회를 정리한 에세이집 《내 인생 파라과이》를 한글과 스페인어로 출간할 만큼 집필활동에도 큰 관심을 보이고 있다.

"빠삐용이 불굴의 집념으로 탈출을 시도하는 장면은 참으로 감동적입니다. 자유를 얻기 위해 어떠한 시련도 감내하는 빠삐용의 용기는 인간의 존엄성을 돌아보게 하지요. 그에 비한다면 드가는 소심하고 비겁해 보이는 사람입니다. 하지만 저는 드가의 모습에서 보다 현실적인 인간의 모습을 읽을 수 있었습니다. 자신이 발을 디딘 현실을 인정하고 하루하루를 성실하게 살아가는 모습에서 인간적인 진솔함을 보았습니다. 자신이 있는 곳이 지옥 같다고 도망치는 게 아니라 살 만한 땅으로 바꾸기 위해 꾸준한 노력을 기울였던 거지요. 최악의 환경 속에서 살아남기 위해 발버둥 치는 드가의 모습에서 동병상련의 연민을 느꼈습니다. 저 역시 파라과이를 떠나지 않고 남아서 정을 붙이고 살고 있으니까요."

남미로 이민을 온 많은 한국인들에게 파라과이는 잠시 들렀다가 떠나는 정거장 같은 곳이었다. 남미 최빈국 그룹에 속할 만큼 경제적 여건이 열악하고, 사회적 인프라도 아주 빈약한 나라이기 때문이다.

"부모님을 따라 함께 이민을 온 저희 3형제 중 형과 동생 두 사람도 브라질로 이주해서 사업을 하고 있습니다. 저 혼자 파라과이에 남았지요. 세상 어디를 가더라도 다 사람 사는 땅입니다. 어디에 있든 한 우물을 꾸준히 파다 보면 좋은 날이 오기 마련입니다. 내가 파라과이를 떠나지 않고 지킨 이유입니다."

쇼핑의 천국
시우다드 델 에스테

햇빛이 뚫고 들어오지 못할 정도로 빽빽한 밀림이 까마득하게 펼쳐져 있었다. 장엄한 물줄기가 푸른 밀림 한가운데를 가르며 쏟아져 내리고 있었다. 총 너비 4.5km에 70여m의 절벽 위로 275개의 폭포가 주렁주렁 걸려 있다. 두툼한 녹색 겉옷을 입은 밀림이 새하얀 속옷 자락을 펄렁펄렁 드러내고 있는 것처럼 보인다.

천지를 덮을 듯 쏟아져 나오는 폭포수는 지축을 흔드는 굉음과 함께 하늘 높이 뽀얀 물보라를 일으킨다. 명 사장이 이구아수 국립공원을 안내하면서 남미 역사 이야기를 들려주고 있었다. 이구아수 폭포는 그가 사는 시우다드 델 에스테에서 차로 20여 분이면 닿을 수 있는 곳이다.

"원래 이구아수 폭포 일대는 파라과이 땅이었어요. 그걸 브라질과 아르헨티나에게 빼앗긴 거지요. 150년 전 파라과이가 브라질과 아르헨티나, 우루과이 등 세 나라를 상대로 무려 7년 동안 전쟁을 했답니다. 파라과이가 3국과의 전쟁에서 패하는 바람에 보석 같은 이구아수 폭포를 두 나라에 빼앗겼지요. 이구아수 폭포는 브라질 쪽의 포스 두 이구아수와 아르헨티나 쪽의 푸에르토 이구아수에 속해 있습니다. 이구아수 폭포는 세계 3대 폭포 중 하나이자 세계 7대 자연경관에 꼽히는 명소입니다. 전 세계에서 관광객들이 몰려오는 곳이지요. 기본적으로 브라질 인구 2억여 명에 아르헨티나 4000여만 명, 파라과이 650

여만 명을 배후로 두고 있기 때문에 1년 내내 관광객들의 발길이 끊이지 않는 곳입니다."

이구아수 폭포 관광을 마친 뒤 명 사장과 함께 시우다드 델 에스테로 향했다. 이구아수 국립공원이 있는 브라질의 포스 두 이구아수에서 파라과이 시우다드 델 에스테 사이에는 파라나 강이 흐른다. 총 연장 3299km에 달하는 이 강은 브라질 고원의 서부에서 발원, 남동쪽으로 흐르다가 이구아수 강과 합류하면서 파라과이와 브라질, 아르헨티나를 가르는 국경선 역할을 한다.

강 위로 예쁜 아치형 다리가 걸려 있었다. 브라질과 파라과이 간 국경 역할을 하는 '우정의 다리(Ponte da Amizade)'다. 국경을 건너는 출입국 절차는 2~3분 만에 끝났다.

다리를 건너 시우다드 델 에스테로 들어서자 현란한 쇼핑센터 간판들이 시야를 가득 채운다. 거리엔 쇼핑한 물건들을 바리바리 나르는 사람들로 북적이고 있었다. 길가엔 쇼핑객들의 물건을 실어 나르는 승합차와 택시들이 줄지어 대기하고 있었다.

"시우다드 델 에스테는 쇼핑 천국입니다. 인구 30여만 정도의 작은 도시에 대형 쇼핑센터가 300여 개나 밀집해 있습니다. 쇼핑객들은 90% 이상이 브라질 사람들이에요. 상권은 아랍인과 중국인들이 쥐고 있지요. 이구아수 폭포 주변엔 세 도시가 있습니다. 브라질의 포스 두 이구아수와 아르헨티나의 푸에르토 이구아수, 그리고 파라과이의 시우다드 델 에스테입니다. 이구아수 폭포를 찾는 사람들은 포스 두 이구아수와 푸에르토 이구아수에서 관광을 한 뒤 쇼핑은 시우다드 델 에스테에서 하지요. 파라과이 물가가 워낙 싸거든요. 시우다드 델 에스테는 국경무역으로 번창하고 있는 도시라고 할 수 있습니다. 한국 동포들도 1000여 명 살고 있는데 주로 옷장사와 잡화, 전자제품 무역을 하고 있습니다."

브라질과 아르헨티나는 남미대륙을 대표하는 대국들이다. 브라질은 세계에서 다섯 번째로 큰 나라다. 850여만km²에 달하는 영토는 전 세계 산림 면적의 10%를 안고 있을 뿐 아니라 무진장한 천연자원의 보고이기도 하다. 게다가 브라질은 국내총생산(GDP) 기준으로 세계 7대 경제대국 중 하나로 꼽힌다. 세계 5위인 2억여 명의 인구는 탄탄한 내수시장을 형성하고 있다.

278만여km² 넓이의 아르헨티나는 여덟 번째로 큰 나라다. 지금은 중진국 수준으로 떨어졌지만 2차 세계대전 전까지만 하더라도 세계 10대 선진국 반열에 올라 있던 나라다.

불가피하게 파라과이 경제는 이웃나라 브라질과 아르헨티나에 크게 의존하고 있다. 수도인 아순시온과 엥카르나시온, 시우다드 델 에스테 등 주요 도시들이 모두 브라질과 아르헨티나 국경 부근에 들어선 이유이기도 하다.

국경무역은 굴곡이 심하다. 브라질과 아르헨티나 경기가 나쁘면 시우다드 델 에스테를 찾는 쇼핑객 숫자가 눈에 띄게 줄어든다. 두 나라와의 정치적 갈등이 불거지는 경우에도 쇼핑객의 발길이 뚝 떨어진다.

국경의 세관검사가 엄격해지기 때문이다. 브라질과 아르헨티나의 경제는 물론 정치상황에 따라 파라과이 국경도시의 경기가 출렁거리는 것이다.

"한 사람당 300달러까지는 면세로 물건을 사가지고 갈 수 있어요.

그렇지만 평상시엔 거의 세관검사를 하지 않기 때문에 면세 한도에 대해 신경을 쓰지 않아도 됩니다. 1년에 두세 차례 정도 시범적으로 세관검사를 하는 정도입니다. 하지만 국가 간 감정이 틀어질 경우엔 관광객들 보따리를 하나하나 뒤지면서 대대적인 세관검사를 합니다. 그럴 때마다 시우다드 델 에스테의 경기가 꽁꽁 얼어붙게 되는 거지요."

브랜드 파워를 기르기 위해

북적거리는 시장골목을 살짝 벗어난 위치에 호텔 건물처럼 아름다운 외관을 한 테라노바 본사 빌딩이 서 있었다. 대지 650m²에 연건평 6000m² 규모의 10층 빌딩이다. 낯익은 우리나라 톱스타 모델의 샴푸 광고가 빌딩의 한쪽 벽면을 덮고 있었다. 테라노바의 주력 상품 중 하나인 한국산 샴푸 광고였다.

매장 안으로 들어서자 짙은 감색 정장 차림의 여직원들이 환한 미소를 지으며 인사를 한다. 번쩍이는 대리석 바닥에서부터 세련된 상품진열에 이르기까지 수준급 백화점의 분위기였다.

명 사장과 함께 매장을 둘러보기 시작했다. 1층 매장은 화장품과 액세서리 코너들로 이루어져 있었다. 우리나라 애경 제품을 비롯해 로레알과 크리스찬 디올, 지방시, 캘빈 클라인 등 유명 브랜드의 화장품들이 진열돼 있었다.

에스컬레이터로 연결된 2층과 3층에서는 각각 미용제품과 주방용품들을 팔고 있었다. 애경 케라시스와 락앤락 등 한국산 제품들이 진열대를 가득 채우고 있었다.

"얼마 전까지만 하더라도 해당 제품의 브랜드를 중심으로 물건을 팔았습니다. 그렇지만 지금은 '테라노바'라는 우리 브랜드를 앞세운 마케팅을 늘려가고 있어요. 유명 브랜드 회사들의 파워에 흔들리지 않고 안정된 사업을 하려면 자체 브랜드 파워를 길러야 합니다. 고객들에게 테라노바 점포에서 사는 제품은 믿어도 된다는 신뢰를 쌓아가기 시작했어요."

테라노바의 마케팅 총책은 큰아들 용진 씨가 맡고 있었다. 브라질 상파울루 파아피(FAAP) 대학에서 경영학을 전공한 용진 씨는 졸업과 함께 아버지 일을 돕기 시작했다. 상파울루에서 공부를 하는 동안 브라질 고객들의 기호를 잘 파악한 용진 씨는 젊은 감각의 이벤트를 진행하면서 테라노바를 알리는 작업을 하고 있다.

이구아수 폭포를 찾는 여행사들을 섭외해 관광객들을 테라노바 매장으로 불러들이는가 하면 주변의 관광호텔들에 홍보용 샴푸를 공급하고 있다. 화장품 회사들의 협찬을 받아 파라과이 미인대회 출신의 모델들을 초청한 메이크업 교실을 열고, 브라질 배우들이 출연하는 연극 〈오즈의 마법사〉를 시우다드 델 에스테에서 올리는 수완을 보이기도 했다.

이 밖에도 라디오 인기 프로에 화장품을 협찬하거나 유명 호텔이나 카지노에서 개최되는 어머니날 행사 혹은 가요경연대회 등을 후원함으로써 테라노바의 이름을 알리고 있다고 했다.

4층 매장 안쪽으로 미용실 설비들을 갖춘 방이 마련돼 있었다. 화장대 9개와 머리 감겨주는 미용의자 3개, 그리고 헤어드라이, 빗 등 각종 미용기구들이 구비돼 있었다. 미용실 옆으로는 응접실과 강의실이 연결돼 있었다.

"이곳은 '센트로 데 테크니코(Centro de Tecnico)'입니다. 테라노바의 기술센터라고 할 수 있지요. 테라노바는 머리부터 발끝까지 미용과 관련된 원스톱, 토털 서비스를 제공하고 있습니다. 화장품과 샴푸 등 미용제품을 단순히 팔기만 하는 게 아니라 최신 유행하는 미용기술을 파라과이 사람들에게 소개하는 서비스도 하고 있어요. 이 방에서 매달 한두 차례 정도 일반 고객들을 대상으로 한 미용교실을 열고 있습니다. 미용 전문가들을 초청해서 화장법과 머리손질, 네일아트, 피부관리법 등을 가르치는 이벤트를 꾸준히 하고 있지요."

사장실은 맨 꼭대기 10층에 자리하고 있었다. 통유리창을 통해 시우다드 델 에스테 쇼핑거리의 전경이 한눈에 들어온다.

이곳에 오기까지 명 사장은 얼마나 많은 곡절을 겪었을까. 화장품과 액세서리 등 미용용품 사업을 하게 된 연유는 무엇일까. 푹신한 가죽소파에 앉아 명 사장의 사업 이야기를 들었다.

운명을 바꿀 첫 번째 기회

사람은 누구나 한평생 동안 자신의 운명을 바꿀 기회를 세 번 만난다고 한다. 그러나 그 기회는 준비된 사람과 깨어 있는 사람의 손에만 잡힌다. 꿈과 열정, 용기가 없는 사람들은 자신의 손안에 기회가 들어왔다는 사실조차 모른 채 그냥 손가락 사이로 흘려버린다는 것이다.

명 사장은 테라노바의 사업기반을 잡을 수 있었던 건 자신에게 주어진 기회를 놓치지 않고 과감하게 잡았기 때문이라고 회상했다.

"저에게 주어진 첫 번째 기회는 아내를 만난 것이었습니다. 제가 시우다드 델 에스테로 오기 전 수도 아순시온에서 옷가게를 할 때였어요. 가게 앞으로 묘령의 한국 아가씨가 지나가더라고요. 가게를 보다 말고 쫓아갈 정도로 한눈에 반했어요. 당시 제가 아무것도 가진 건 없었지만 열정과 사랑 하나로 열심히 쫓아다녔어요. 요즘 그렇게 쫓아다니면 스토커로 고발당할지도 모르지요. 날이면 날마다 꽃다발을 안겨주고, 고급식당과 카페를 돌아다니며 데이트를 했어요."

연애하는 데 정신이 팔려서 수표 막는 날짜를 깜박하는 바람에 거래은행에서 부도 났다는 연락을 받은 적도 있었다.

"그런 저에게 장모님께서 좋은 점수를 주셨어요. 장모님이 자기 딸을 쫓아다니는 친구가 누군지 궁금하셨나 봅니다. 몰래 저의 가게에 오셔서 저를 지켜보셨답니다. 제가 옷을 진열하는 모습을 보시고는 딸을 맡겨도 안심하겠다는 생각을 하셨답니다. 1년도 채 안 된 1987년 7월 14일 우리 두 사람은 백년가약을 맺었습니다."

그보다 다섯 살 연하인 아내 송선영 여사는 사랑과 재물을 함께 물고 들어온 복덩어리였다. 결혼과 함께 현재 테라노바의 사업기반을 다지는 액세서리 사업을 시작하는 길이 열렸기 때문이다.

송 여사네 가족은 1986년 파라과이로 이민을 왔다. 송 여사 친정의 가장 역할을 하던 남동생 역시 명 사장처럼 메르카도 쿠아트로에서 옷장사를 시작했던 것이다.

"처남의 옷장사는 신통치 않았어요. 1988년 처남의 옷가게를 정리했습니다. 처갓집은 딸은 저에게 맡기고 시우다드 델 에스테로 이사를 했어요. 그리고는 장모님이 그곳에서 액세서리 가게를 내게 된 거지요. 그때 막 액세서리 붐이 일기 시작할 때였어요. 액세서리 사업은 금방 점포를 두 개로 늘릴 만큼 장사가 잘됐어요. 우리 장모님이 사업 수완도 좋고 배짱도 웬만한 남자보다 훨씬 좋았어요. 한국에서 화물 전세 비행기를 빌려 물건을 실어 나를 정도로 통이 큰 여장부였습니다. 처남이 저에게 시우다드 델 에스테로 와서 함께 액세서리 사업을 하는게 어떠냐고 하더라고요. 아순시온에서의 옷장사도 그리 나쁜 건 아니었지만 버는 족족 형님의 사채 빚을 갚느라 허덕이고 있을 때였어요. 가게를 정리한 돈으로 형님 빚을 갚아버렸습니다."

명 사장은 1990년 5월 빈손으로 시우다드 델 에스테로 이사를 했다.

"저의 의지와는 상관없이 부모님을 따라 이민을 온 지 13년 만에 스스로의 판단에 따라 삶의 터전을 옮긴 것이었지요. 장모님께서 두 개 점포 중 하나를 제게 맡기면서 해보라고 하시더라고요. '까사 정'이라는 이름의 가게였습니다. 버는 돈의 절반씩을 서로 나누기로 하는 조건이었습니다. 장모님과 동업을 하면서 일을 많이 배웠어요. 아순시온에서 옷장사 하면서 장사의 기본기를 익혔다면, 시우다드 델 에스테에서 장모님으로부터 사업수완을 제대로 익혔다고 할 수 있지요."

시대를 읽는 사업감각으로

큰 부자는 하늘이 내고, 작은 부자는 아내가 만든다고 했던가. 명 사장의 액세서리 사업은 하늘의 도움과 아내의 내조를 한꺼번에 받는 복을 누리게 된다.

하늘의 도움이란 명 사장이 시우다드 델 에스테로 오던 1990년부터 남미 최대의 시장인 브라질 시장이 활짝 열린 일이었다. 또한 섬세한 미적 안목을 지닌 아내 송 여사가 여성들에게 인기를 끌 만한 액세서리 품목들을 귀신처럼 선별해 들여온 것도 경쟁업자들을 제치는 데큰 역할을 했다.

1989년 12월 브라질 대선에서 승리한 첫 민선 대통령 페르난두 콜로르 대통령은 29년간의 군정 종식과 함께 개방화 및 민영화 정책을 추진하게 된다. 콜로르 대통령은 부정축재 혐의로 1992년 12월 임기를 채우지 못하고 사임하지만 그의 뒤를 이은 이타마르 프랑쿠 대통령은 콜로르 대통령의 경제정책을 그대로 이어받는다.

1995년 취임한 페르난두 엔히크 카르도주 대통령은 남미공동시장

(Mercosur)과 세계무역기구(WTO) 체제를 출범시키면서 개방화 및 민영화를 더욱 가속화했다. 파라과이와 브라질 국경이 열리면서 브라질 쇼핑객들이 시우다드 델 에스테로 쏟아져 들어오기 시작한 것이다.

"원래 남미 사람들은 돈을 쓰지 않고 쥐고 있으면 손해라고 생각합니다. 오랜 세월 살인적인 인플레에 시달린 결과입니다. 지금은 물가가 잡혔지만 심할 때는 한 해 1000%까지 뛰기도 했으니까요. 정부의 개방화 정책과 함께 국경을 건너온 브라질 사람들이 시우다드 델 에스테에 넘쳐나기 시작했습니다. 제가 가게를 맡은 첫날 매상이 1만 달러를 넘어섰어요. 장모님이 하루 1000~2000달러 정도 매상을 올리던 곳이라면서 놀라시더라고요. 액세서리 장사를 시작하자마자 잭팟을 터트린 셈이지요. 2년 만에 장모님으로부터 가게를 인수받았습니다."

사업가는 시간과 공간의 차이를 읽을 줄 알아야 돈을 번다. 남미나 아프리카, 동남아 등 개발도상국들은 선진국들에 비해 짧게는 몇 년에서 길게는 수십 년까지 경제발전이 처져 있다. 선진국에서 한바탕 유행을 한 물건들은 몇 년 후 개도국에서 인기를 끄는 경우가 많다. 미국이나 유럽, 일본, 한국 등에서는 한물간 물건이 파라과이나 브라질, 아르헨티나 등에서는 첨단 유행을 걷는 제품으로 변신하는 것이다.

명 사장은 시대를 잘 읽고, 흐름을 잘 타는 사업감각을 타고난 사람이었다. 주로 미국과 한국에서 한때 인기를 끌던 물건들을 싼값에 사다가 시우다드 델 에스테 시장에 풀었다.

"손톱에 붙이는 네일보드와 일명 개목걸이로 불리는 벨벳 목걸이, 가발 등 들여오는 물건들이 대박 행진을 했어요. 항공 운송비를 포함

해서 단가 3달러 50센트 정도 하는 손톱 보드를 12달러에 팔았는데
도 금방 동이 났습니다. 1994~1996년 두 해 동안 네일보드 한 품목만
으로 30만 달러를 벌었어요. 땡처리로 들여온 벨벳 목걸이로도 큰 재
미를 봤습니다. 개당 17센트 정도에 들여온 벨벳 목걸이를 1.5달러에
내놓았는데도 날개 돋친 듯 팔려 나갔습니다. 8~9배 이문을 남겼던
거지요."

2003년에는 우리나라 중소기업의 아이디어 상품인 스탬핑 네일아
트를 수입해서 히트시켰다.

"스탬핑 네일아트는 10년 정도 꾸준하게 팔린 스테디셀러 상품이
었어요. 이처럼 들여오는 액세서리마다 히트를 할 수 있었던 건 바로
아내의 타고난 감각 때문이었다고 생각합니다. 액세서리는 주로 남대
문에서 들여왔는데 제가 출장을 나가서 물건을 골라 오면 재고가 남
는데, 아내가 나가서 사 오면 뚝딱 열 배 장사로 팔아 치우고는 했거
든요."

인생에서 세 번 온다는 기회 중 두 번째가 바로 시우다드 델 에스테
로 삶의 무대를 옮긴 일이라는 사실이 점점 확실해지기 시작했다. 쓰
레기를 들여다 놓아도 팔린다는 우스갯소리가 나올 정도로 시우다드
델 에스테의 경기는 호황을 이어갔다. 새롭게 들여오는 아이템들은
'흥부의 박씨'처럼 명 사장에게 횡재를 안겨주었다.

화장품 사업과 우보천리의 교훈

1993년부터 명 사장은 지금의 주력상품인 화장품으로 눈을 돌리기 시작한다. 당시 동생인 세용 씨가 미국 로스앤젤레스의 액세서리 가게에서 일을 하고 있었다. 어느 날 동생이 옆집 화장품 가게에서 구한 립스틱과 마스카라 등의 샘플을 보내왔다. 조다나와 아리엘라 등 중저가 브랜드 제품들이었다.

조금씩 들여놓아 보았더니 불티나게 팔리기 시작했다. 화장품 분야로 사업의 지평을 넓히는 데 성공을 한 것이었다. 1998년 한 해 동안 조다나 화장품으로 올린 매출만 따져도 70만 달러였다. 정말 물건이 없어서 못 팔 지경이었다.

그러자 아랍 상인 등 경쟁업자들이 너도나도 중저가 화장품을 수입하기 시작했다. 경쟁업자들을 따돌릴 새로운 차별화 전략이 필요했다. 명 사장은 품질 경쟁력과 가격 경쟁력을 두루 갖춘 한국산 화장품을 수입하기 시작했다.

"우리나라 화장품은 유럽의 명품 브랜드 못지않은 품질을 갖추고 있습니다. 좋은 품질에 비해 가격은 착한 편이지요. 단점이 있다면 이곳 파라과이와 브라질, 아르헨티나 사람들에게 브랜드가 알려져 있지 않다는 점입니다. 그런 단점을 테라노바의 신용과 보증으로 커버를 할 수 있었어요. 현재 테라노바는 이곳 본점을 포함해 모두 5개의 매장을 시우다드 델 에스테에 가지고 있습니다. 이곳 좁은 시장바닥에서 5개 매장에 한꺼번에 물건을 풀어놓으니까 파급효과가 클 수밖에 없지요."

사업과 자전거의 공통점이 있다. 끊임없이 페달을 밟지 않으면 제 자리걸음을 하는 게 아니라 쓰러지고 만다는 사실이다. 명 사장은 가 장 큰 경영 원칙으로 '끊임없이 페달을 밟아라'를 꼽았다. 이제 벌 만큼 벌었으니 조금 편안하게 사업을 해야지 생각하는 순간 그 자리에 머무 르는 게 아니라 뒤로 퇴보한다고 말했다.

"시우다드 델 에스테로 온 지 8년 만에 시쳇말로 백만장자가 됐습 니다. 제가 보유한 현찰만 100만 달러가 넘었으니까요. 그때부터 이 젠 좀 편하게 쉬면서 일을 해야지 하는 생각이 들더라고요. 그래서 점 포를 종업원들에게 맡기고 골프를 치고, 놀러 다니고 그랬습니다."

종업원이 회사 일을 자기 일처럼 할 리가 만무했다. 사장이 자리를 비우자 종업원들이 가게 물건을 빼내 가기 시작했다.

"지금이야 직원이 50여 명이지만 당시엔 6명뿐이었어요. 그런데 이 사람들이 어느 누구라고 할 것도 없이 전부 도둑질을 하더라고요. 창 고에는 재고가 쌓이기 시작했습니다. 식료품에만 유통기한이 있는 게 아니에요. 액세서리는 유행 기간을 유통기한이라고 보시면 됩니다. 유행 시기를 놓친 액세서리는 쓰레기나 다름없어요. 미용용품 사업은 특히 쉬지 않고 신상품을 들여오고, 마케팅을 꾸준히 해야 제대로 돌 아 간다는 교훈을 비싼 수업료를 치르고 배워야 했습니다. 2년 정도 태만한 생활을 했더니 매출이 절반 이하로 떨어지더라고요. 정신이 번쩍들었어요. 신발 끈을 다시 질끈 동여맸습니다."

우선 종업원 6명을 전원 해고하고 신규 채용했다. 평일 골프도 뚝 끊어버리고 회사 일을 꼼꼼하게 챙기기 시작했다. 2000년 6월 회사 이름도 '신천지'라는 뜻을 지닌 포르투갈어 '테라노바'로 새로 지었다.

"그 이후로는 정말 한눈 한번 팔지 않고 꾸준히 페달을 밟고 있습니다. '우보천리(牛步千里)'라고 하잖아요. 어디 가서든 소처럼 성실하게 살면 적어도 실패한 인생은 되지 않을 거라는 게 저의 믿음입니다."

파란만장 파라과이 이민사

명 사장의 집은 시우다드 델 에스테의 부자들이 모여 산다는 파라나 컨트리클럽 단지 안에 있었다. 유유히 흐르는 파라나 강물이 휘감아 안고 돌아가는 지역이었다.

단지 입구에는 총을 든 경비원들이 외부인의 출입을 통제하고 있었다. 명 사장과 운전기사의 얼굴을 알아본 경비원이 손을 들어 인사를 했다. 단지 안으로 들어서자 별천지가 펼쳐졌다. 그야말로 저 푸른 초원 위에 그림 같은 집들이 들어앉아 있었다. 골프장을 중심으로 1000여 가구가 모여 산다고 했다.

명 사장의 차가 멈춘 곳은 영화에나 나올 법한 하얀색 이층집 앞이었다. 집 앞으로 넉넉한 잔디 정원을 안고 있었다. 2000m²의 대지에 연건평 1000m² 정도 되는 집이라고 했다. 집 뒤편으로 파티를 할 수 있는 킨초(Quincho, '별채'라는 뜻)가 딸려 있고, 아담한 수영장도 들어서 있었다.

"1995년 네일보드를 팔아 번 돈으로 지은 집입니다. 당시만 해도 돈있는 사람들이 파라과이에 정착을 하려고 하지 않을 때였어요. 파라과이에서 돈을 벌면 떠나야 하는 곳으로 인식되던 시절이었기 때문에 외국인 부자들은 땅을 사거나 집을 짓는 걸 꺼렸습니다. 그러니까 아주 싼값에 구입할 수 있었지요. 그런데 땅을 산 뒤 몇 년 지나면서 땅값이 치솟기 시작하더라고요."

시우다드 델 에스테의 땅값을 올려놓은 이들은 홍콩에서 몰려온 중국인들이었다.

"100년 동안 영국의 조차지였던 홍콩이 1997년 7월 1일 중국에 반환되었지요. 홍콩 반환을 전후로 불안감을 느낀 부자들이 대거 해외로 떠났습니다. 이들 중 상당수가 시우다드 델 에스테로 와서는 들고 온 돈으로 땅을 사들였던 겁니다. 불과 7~8년 사이에 부동산 가격이 20배가량 폭등을 하더군요."

명 사장의 큰 저택에는 명 사장과 그의 사업을 돕고 있는 장남 용진 씨 단둘뿐이었다. 안주인 송 여사는 한 달 일정으로 한국에 들어가 있었고, 한양대 영문과에 다니는 작은아들 지환 씨는 군 복무 중이었기 때문이다.

현지인 가사도우미 라모나가 저녁 준비를 하고 있었다. 운전기사 겸 집사 역할을 하는 로렌소는 별채에서 남미식 쇠고기 숯불구이인 아사도 요리를 하고 있었다. 아사도는 쇠고기에 소금을 뿌려가며 숯불에 구운 아르헨티나의 전통요리로, 남미 초원의 카우보이인 가우초(gaucho)들이 먹던 요리에서 유래했다.

고소한 아사도 요리를 먹으면서 명 사장의 파란만장한 파라과이 이민사를 들었다.

"아버지는 군 출신이었어요. 중령으로 예편하신 뒤 조선호텔 반도 아케이드에서 토산품 가게를 하셨습니다. 일본인과 재일교포들이 주 고객이었어요. 그런데 1974년 8·15 기념식장에서 조총련계 재일동포 문세광이 육영수 여사를 저격하는 사건이 벌어졌잖아요. 그 사건의 여파로 일본인 관광객들이 한동안 들어오지 못했습니다. 아버지의 토산품 가게도 문을 닫을 수밖에 없었어요. 이후 무역업에 손을 대셨다가 그나마 있던 돈마저 날리셨지요. 저희 부모님이 파라과이 이민을 결심하게 된 동기입니다. 저희 가족이 파라과이 아순시온 공항에 도착한 게 1977년 7월 4일입니다. 제가 중학교 3학년 때였어요. 형님은 대학을 다니던 중이었고, 동생은 초등학교 6학년 때였지요. 형님은 지금 브라질 상파울루에서 의류사업을 하고 있고, 동생은 저랑 같은 미용제품 판매업을 하고 있습니다."

열일곱에 벤데부터 시작했어요

아순시온에 도착한 명 사장 가족은 어린 동생만을 빼고는 모두 생계에 매달렸다. 아버지는 이민수속 대행업을 시작했고, 한때 한국에서 양장점을 하셨던 어머니는 옷 수선 가게를 차렸다. 명 사장은 형님과 함께 가가호호 방문하면서 옷을 파는 벤데 행상을 시작했다. 당시 벤데는 파라과이는 물론 브라질과 아르헨티나 등지로 이민을 온 한국 동포들이 가장 많이 하고 있던 생업이었다.

"당시 제 나이 열일곱 살이었어요. 옷을 가득 담은 검은 배낭을 메고 아순시온 인근의 마을들을 하루 종일 돌아다녔습니다. 당시 파라과이 사람들이 한국 사람을 '라 쿠카라차'(바퀴벌레'라는 뜻의 스페인어)라고 불렀죠. 수도 근처에 사는 사람들이었는데도 맨발로 다니는 이들이 많았을 때였습니다. 말이 안 통하니까 손짓발짓으로 팔았습니다. 마을로 옷을 팔러 가면 아가씨들이 옷을 입어본다며 달랑 팬티 하나만 남기고 옷을 홀딱 벗더라고요. 옷 한 벌 공짜로 얻기 위해 노골적으로 유혹을 하는 거였어요. 깜짝 놀라서 그냥 도망쳐 나오고는 했답니다. 한번은 어떤 마을에 갔는데 그곳 사람들이 유난히 친절했습니다. 허기진 참이 었는데 남미식 만두인 엠파나다를 내놓더라고요. 정말 맛있게 먹었습니다. 그런데 이상하게도 그 마을 사람들 중엔 붕대를 감고 있는 이들이 많았어요. 나중에 알고 보니 그곳이 나환자촌이었습니다. 어린 마음에 전염된 게 아닌가 하고 6개월 정도는 고민을 많이 했지요."

가장 큰 고역은 섭씨 40도를 오르내리는 찜통더위였다.

"가만히 있어도 땀이 줄줄 흐르는 더운 날씨에 등짐까지 메고 다녀야 하니까 정말 힘들더라고요. 다행히 우리 가족이 식당을 시작하면서 벤데 행상은 6개월 만에 그만둘 수 있었습니다. 우리가 직접 식당을 차린 건 아니었어요. 원주민이 하는 파라과이 갈비집인 아사도 식당의 운영을 맡아서 하게 된 겁니다. 종업원도 엄청 많고 밴드까지 나오는 식당이었어요. 그런데 아버지와 주인이 자꾸 부딪쳤어요. 1년도 채 안 돼 아사도 식당 일을 그만두었습니다."

명 사장의 부모님은 원주민 음식과 맥주를 파는 '코페틴(Copetin)'이라는 식당을 차렸다.

"테이블 5~6개를 둔 작은 식당이었어요. 그런데 원주민 종업원들이 음식을 빼내 가고, 물건까지 도둑질하는 걸 부모님이 감당하지 못했습니다. 이번에도 6~7개월 만에 접었지요. 코페틴을 그만둔 부모님이 다시 시작한 사업은 식료품을 파는 '데스펜사(Despensa)'였습니다. 다행히 데스펜사는 장사가 잘됐어요. 이민 온 이후 3년여 만에 처음으로 경제적 안정을 찾기 시작했습니다."

우주 삼라만상은 촘촘한 인연으로 얽혀 있다. 그 누구도, 그 무엇도 홀로 존재하는 건 없다. 씨줄날줄 두루 엮인 채 서로에게 영향을 주고 받는다. 브라질 아마존에 있는 나비 한 마리의 팔랑거리는 날갯짓이 미국 남부에 허리케인을 만들어내는 단초가 될 수 있다. 언론의 헤드라인으로 보도되는 큰 뉴스나 역사적 사건들이 내 삶과는 무관하게 벌어지는 것 같지만, 어느 순간 내 곁으로 다가와 인생의 진로를 통째로 바꾸어놓기도 한다.

평온한 삶을 찾기 시작한 명 사장 가족을 다시 곤궁하게 만든 사건은 바로 파라과이로 망명해 있던 니카라과의 독재자 아나스타시오 소모사 데바일레의 암살사건이었다.

1980년 9월 17일 오전 10시 10분, 벤츠 승용차를 타고 아순시온 시내를 지나던 소모사가 로켓포와 기관총 공격을 받고 즉사한다. 니

카라과의 산디니스타 민족해방전선(FLSN)이 파라과이까지 암살단을
보낸 것이었다.

소모사의 암살은 니카라과 정정을 발칵 뒤집어놓고 말았다. 범인
색출을 위해 국경이 봉쇄되고, 경기는 얼어붙기 시작했다. 강 건너 이
웃 아르헨티나에서 몰려오던 관광객들의 발길도 끊기고 말았다.

한국에 있을 때 문세광에 의한 육영수 여사 저격사건으로 토산품
사업을 접어야 했던 명 사장의 아버지는 이번엔 소모사 암살로 인해
곤궁한 처지에 빠지게 되었다. 묘하게도 두 번씩이나 정치적 저격사
건 때문에 곤궁한 지경에 처하게 된 것이다.

당시 명 사장의 어머니는 일수계 계주였다. 일수계는 당시 이민사
회에서 목돈을 마련하기 위해 유행하던 방식이었다. 계원들이 매일
일정한 금액을 내고, 돌아가며 매일 한 명씩 곗돈을 타 가는 방식이었
다. 그런데 소모사의 암살로 갑자기 정국이 얼어붙고 경기가 위축되
면서 곗돈을 내지 못하는 사람들이 생겨났다. 결국 일수계가 깨지면
서 명 사장의 어머니는 큰 빚을 떠안게 되고 만다.

"할 수 없이 데스펜사 문을 닫고 빚잔치를 할 수밖에 없었습니다. 애
당초 부모님은 사업을 하기엔 돈에 대한 관심도, 재주도 없는 분들이
었어요. 군인으로서의 명예를 최고로 여기시던 아버지는 언제나 돈을
우습게 여기고, 장사꾼을 천하게 생각하셨습니다. 생활이 어려워지면
서 어머니가 다시 삯바느질 일을 시작하셨습니다. 봉제공장의 일감을
받아다가 재봉질을 해주는 고된 일이었지요."

어느새 어엿한 청년으로 성장한 명 사장은 부모님이 고생하시는 모

습을 두고 볼 수 없었다. 이리저리 일자리를 찾았더니 동포 한 분이 브라질 상파울루에 있는 봉제공장을 소개시켜주었다.

그런데 그곳의 노동 강도가 보통이 아니었다. 새벽 5시부터 시작해 밤 11시까지 중노동을 해야 했다. 내 사업을 하는 데 이런 정도의 노력과 시간을 쏟으면 어떨까 하는 생각이 일었다. 일주일 만에 공장을 그만두고는 아순시온으로 돌아왔다. 그리고 1982년 명 사장은 아순시온의 메르카도 쿠아트로(제4시장)에서 '스누피'라는 이름의 작은 옷가게를 열었다.

그저 성실하게 페달을 밟으며

"저희 가족이 파라과이로 올 때 같은 비행기를 타고 온 '이민 비행기 동창' 중에 문 사장이라는 분이 있었어요. 그분이 상파울루로 건너가서 봉제공장으로 크게 성공을 하셨어요. 그 집에서 만든 옷을 가져다가 팔았습니다. 장사 초반에 자리를 잡는 데 큰 도움을 주셨지요. 이민 온 지 5년여 만에 독자적인 사업을 시작하게 된 것이지요. 옷장사를 시작하기 전에 등짐장수인 벤데로부터 출발을 해서 숯장사, 시계수리점, 봉제공장 직원, 야채상, 식당, 식품점 직원 등 20여 가지 일을 해본 거 같아요. 제가 파라과이라는 삶의 전장에서 살아남기 위해 치른 치열한 몸부림이었지요. 그러다가 옷가게를 내면서 본격적으로 제 사업을 시작하게 된 겁니다."

명 사장은 8년 동안 메르카도 쿠아트로에서 옷가게를 하면서 장사의 기본을 배울 수 있었다.

"학교에서 교수님과 책으로 배우는 경영학이나 경제학이 아니라 북적대는 시장통에서 온몸으로 시장경제 원리를 학습했다고 할 수 있지요."

한 나라의 소비 패턴은 그 나라의 경제발전 수준에 따라 큰 차이를 보인다. 저발전 단계에서는 가장 기본적인 의식주 해결에 급급하다가 소득이 증가할수록 점점 멋도 내고 여가도 즐기는 웰빙 생활을 추구하게 된다. 명 사장이 처음 이민을 왔을 당시 파라과이는 수도 아순시온의 거리에서조차 맨발에 웃통을 벗고 다니는 사람들이 널려 있던 나라였다. 1980년대 초반 명 사장이 첫 사업으로 시작한 옷상사가 잘될 수밖에 없었다. 1990년 시우다드 델 에스테에서 처갓집의 권유로 미용제품 판매업에 손을 댄 시점은 이곳 사람들이 먹고사는 문제를 넘어 패션에도 신경을 쓰기 시작한 즈음이었다. 명 사장의 사업이 단기간에 급성장을 할 수 있었던 이유는 이처럼 시대적 흐름을 제대로 탔기 때문이었다.

그러나 떡을 손에 쥐여줘도 못 먹는 사람도 있다. 세상의 모든 일은 외재적 여건뿐 아니라 내재적 힘이 받쳐주었을 때만이 성사된다. 명 사장이 남미의 최빈국 중 하나인 파라과이에서 알토란 같은 테라노바를 일으켜 세울 수 있었던 그만의 내재적 힘은 무엇이었을까.

"성공은 아무나 하는 게 아닐 수도 있지만 행복은 어느 누구라도 가질 수 있는 거라고 생각해요. 이민생활 초창기부터 스스로에게 다짐을 한 말이 있어요. 성공을 꿈꾸지 말고 행복을 꿈꾸어라. 테라노바는 거창한 성공보다는 소박한 행복을 찾는 과정에서 이루어진 결실입니다.

저는 세속적인 성공보다는 일상의 행복을 더 소중하게 생각합니다. 콩 심은 데 콩 나고 팥 심은 데 팥 나는 법입니다. 주어진 하루하루를 행복하게 살기 위해 꾸준히 노력하다 보니까 물질적 보상도 어느 순간 따라오더라고요. 오늘도 그저 성실하게 페달을 밟고 있을 뿐입니다."

어느새 밤하늘에 총총 별이 빛나고 있었다. 뜰을 밝히는 조명등이 수영장 수면 위에서 또 다른 별이 되어 반짝인다.

명 사장의 저택이 동화 속에 나오는 아름다운 성처럼 어둠 속에서 하얀 모습을 드러내고 있었다. 멋모른 채 십대의 나이에 부모님 손에 이끌려 파라과이로 이민을 온 명 사장은 어쩌면 동화 속 주인공보다 더 동화 같은 삶을 살고 있는지도 모른다.

그나저나 평생 세 번 주어진다는 인생의 기회 중 나머지 하나는 명 사장 앞날에 또 언제, 어떤 모습으로 나타날까. 별이 빛나는 밤에 아사도가 맛있게 익고 있었다.